徳間文庫

水上のフライト

土橋章宏

徳間書店

一

グラウンドの真ん中で、東都体育大学三年生の藤堂《とうどう》遥《はるか》はじっと空を見上げていた。

秋の空は高く、いわし雲が広がっている。

第一〇二回全国陸上競技選手権大会、走り高跳びの決勝で、遥は新記録に挑んでいた。

駒場競技場の広いトラックには、涼しい風が吹いている。

心臓の鼓動が強くリズムを刻んでいた。

いつもと同じ、一分間九十二回。それに合わせ、誰にも聞こえない鼻歌を口ずさむ。

ふだんの心拍数は五十回を切るが、ウォームアップでここまで上げておくと瞬発力が研《と》ぎ澄まされる。

勝負は踏み切りの一瞬だ。

遥はわずかに微笑《ほほえ》んだ。

ただ跳ぶだけ。

しかしトラックの外で見守っている東都体育大学陸上部コーチの清水《しみず》と部員たちの間には緊張が張りつめていた。オリンピック強化選手に選ばれるかどうか、このジャンプで決まる。スタジアムの観客たちも、遥のジャンプを前にして集中し、場内は耳がキーンと痛くなるような静寂に包まれていた。

記者席にいる週刊誌のカメラマンもファインダーに目をはりつけ、人差し指をシャッターボタンにのせたまま、決定的な一瞬を待ち受けていた。

「行きます」

遥の声が発せられると、さらに緊張が高まった。高速カメラのシャッター音が鳴り響く。

誰もが固唾《かたず》をのんで見守っていた。

遥は青空の一点を見つめた。

昼であっても、見えないだけで星は頭上にある。

やがて人差し指をまっすぐ天に突き上げた。


「出た！　女王のルーティーン！」

一年生の杉野《すぎの》忍《しのぶ》が悲鳴に近い声を漏らす。

競技場にいる誰もが知っていた。遥が走り出す前の、精神を集中する美しいポーズ。

空に飛び立つ前の白鳥が天を見上げるような美しいたたずまい。このポーズが出るとき、遥がジャンプを失敗したことはない。女王のフライトと呼ぶ者もいる。

早くも感極まった一年生部員の泣き声が聞こえた。

「おい、まだ跳んでないぞ」

幼い顔の部員たちを見て、清水が苦笑する。

しかし清水も、すでに手に汗を握っていた。

遥が跳ぼうとしているバーの高さは二メートル。

日本人で、その高さを跳んだ者はまだいない。

遥は今や日本一、そしてアジアでも一位のジャンパーである。

日本の大会など、軽々と勝てるアスリートだ。

しかし、遥は一度もジャンプせず、パスをし続け、バーの高さを二メートルに設定した。

跳べなければ負け。

絶対視されていたオリンピック出場も危ぶまれる。

コーチには何度も反対されたが、遥にとってはこれもまた自分に課した一つの訓練だった。

（これくらい跳べなければ、世界一になれない）

世界記録はブルガリアのステフカ・コスタディノヴァが跳んだ二メートル九センチ。決勝は二メートル台の争いになる。二メートルくらい楽々と跳べなくてどうするのか。

「コーチ、遥先輩は自分と戦っているんですね」

同じ大学の二年生で日本二位の記録を持つ、村上《むらかみ》みちるが言った。

「そうだ。アジアに藤堂の敵はいない。チャンピオンっていうのは孤独な存在でもある」

清水が答える。

「はい……」

「お前があと十センチ上を跳べれば、遥のライバルになれるんだけどな」

「できるでしょうか」

「遥と同じ練習ができれば、可能性はある」

「それは……」

みちるが目を伏せた。言われなくてもいつも追いつこうとしている。しかし遥は化け物かとも思えた。走る距離も速さも、ウェイトトレーニングの量もかなわない。まったく同じ人間とは思えない。

藤堂さんが同じ時代にいなければ、間違いなくオリンピックに出られたのにね――。

残念そうに言われたことがある。

あと十センチ。それが果てしなく遠い。


遥の右手がゆるやかに降ろされると、スタンドからは自然に手拍子が打たれた。

パン、パン、パンと、ゆったりとしたリズムである。

走り出すのを皆が待っている。

遥はバーを見つめた。

身長一七四センチと、日本人女子の中では背の高い遥でも、バーはもっともっと上にある。

普通の女性なら跳び越えるどころか、ジャンプしてタッチすることすらあきらめそうな高さだ。

風が一瞬やんだとき、遥は走り出した。足を通して地面の感触が伝わってくる。まとめられた長くてつややかな黒髪が揺れ、手拍子の音が大きくなっていく。

しかし逆に遥の耳に届く音は小さくなっていた。バーまで十一歩のストローク。アドレナリンが出すぎると、歩幅は大きくなる。

練習は本番のように。

本番は練習のように。

何度もコーチから言われた言葉だ。

(でも無理!)

走り出すと、どうしてもアドレナリンは出る。それは遥の闘志を裏づけている。心拍数も上がっていく。

だったらそのぶんも予想しておけばいい。

遥は練習のときより、後ろから走り出していた。自分の体の動きはすべて把握している。

バーがみるみる近づいてくる。

目から見える景色が狭くなる。

左足で地面を蹴った。

その一瞬、大腿四頭筋《だいたいしとうきん》、下腿三頭筋《かたいさんとうきん》、大殿筋《だいでんきん》が爆発する。

遥はほぼ五十度の角度で跳び上がった。

どんどん空に近づいていく。

この感覚が、遥は好きだった。

重力のくさびを断ち切って舞い上がる。
誰よりも高く。
遥の目の前で空がゆっくりと回っていく。
鍛え上げた自分の筋肉への誇らしさ。
無駄をそぎ落とし、機能だけを追求したものは美しい。
頂点で、体が一瞬止まり、まるでふわりと浮いたように感じる。
滞空時間は永遠にも思えた。
カメラのシャッターの連射音が聞こえる。
すべての感覚が研ぎ澄まされている。
バーは揺れることなく、遥はマットに着地した。
包み込まれる感覚。
ひとつの旅が終わった——。
そう思った瞬間、スタンド中から大歓声が起こった。
マットの上に立ち上がると、コーチや部員たちが駆け寄ってくるのが見えた。
「やった！　日本新だ！」
目の前で日本新記録が作られたのだ。

「うーん。ちょっと角度が足りなかったかも」

遥は言った。

思っていたより、体が突っ込んでしまったと思う。

「おい、優勝しといて文句言うな」

清水が笑った。

「日本新記録に満足しないなんて、さすが空の女王ですよね！」

忍がタオルを差し出しながら言う。

「ありがとう」

薄くかいた汗をぬぐって返し、歩き出した。心拍数は七十台に落ちているが、クールダウンしなければならない。

遥が返したタオルを忍が嬉しそうに抱きしめた。

トラックから出ようとすると、記者たちが駆け寄ってくる。

「おめでとうございます！　女王のフライト、お見事でした。これでオリンピック出場もほぼ確定だと思いますが」

「それが何か？」

遥はそっけなく答えた。

それだけの練習をしているのだから当然だ。

「だってこの記録ならオリンピックのメダル圏内ですよ」

遥は記者を冷たく見つめた。

「えっ、まさか金メダル……？」

遥は無視して歩いた。

口にしたら何かが消えてしまうような気がする。

「あの……、調子はいいんですよね？」

「調子はコントロールするものです。それも技術ですから」

言って、遥は足を速めた。

「はあ……。そうですか」

記者は遥の後ろ姿を見送った。

「ファンが多いわけだ。あの容姿、あのスタイルで気位《きぐらい》も高いってな。まさに女王だ」

カメラマンが言った。

「俺たちは下民扱いかよ……」

記者が顔をしかめた。

スタジアムがざわつく中、次のジャンパーのみちるが準備に入った。

みちるは懸命に気持ちを整えているようすでバーをクリアした。

「やった！」

みちるが小さくガッツポーズするが、観客たちは、もう見ていなかった。自己新が一メートル九十にも届かないのではどうしようもない。

ジャージを着た遥がグラウンドを後にするとき、スタンドに軽く手を上げただけで大声援が飛んだ。


トレーニング室でクールダウンを終えた遥は、更衣室に向かった。

「ねえ、遥」

小林香織《こばやしかおり》が声をかけてきた。

「なんですか」

部長の香織は一一〇メートルハードルの選手で、記録はあまり振るわないが、後輩たちの面倒見がいい。

「みちるが伸び悩んでいるみたいなんだけど。一度、見てあげてくれない？」

「練習が足りないだけですよ」

遥は即答した。

練習すると力がつく。それを重ねる。当たり前の話である。

もっとも、遥にとっては、練習は努力ではないかもしれない。

高く跳ぶために必要なら、どんなきつい練習でもする。

それはむしろ楽しいことだった。

自分がどこまで跳べるか、確かめてみたい。自分の力の限界を試してみたい。

日本で一位ということは、運よく才能も備わっていたのだろう。誰もが持って生まれた才能を生かせるわけではない。

遥は跳ぶのが好きだった。

だったら好きなだけ練習する。節制もするし、毎日の血圧や脈拍、呼吸もちゃんと管理する。

それも楽しい。

みちるは違うのだろうか。

「そんなことばかり言ってると誤解されるわよ」

香織が肩をすくめた。

「それ、私の問題ですか？　みちるの問題じゃなくて？」

なかば、ぽかんとして聞いてしまった。

自分のどこが悪いのだろう。

高く跳びたいなら練習すればいいだけではないか。

どのようなトレーニングが必要なのかわからないのなら、コーチに聞けばいい。

筋肉の特徴はひとりひとり違う。自分を知るのもトレーニングのひとつである。

「仲間を助けたいって気持ち、ないの？」

香織がさらに聞いた。

「助けるなんて、もったいない」

「ええっ？」

「違います。嫌なんじゃなくて、手を貸したらかえって申し訳ないっていうか。楽しみを奪うっていうか……」

「そっか。そうね。女王にはわからないか」

「すみません」

「ううん。責めてるんじゃないの。人それぞれだもんね」

香織がやれやれといった風に笑った。

昔から思っていたが、自分はどうも感覚が人と違うようだった。

最初はコーチの清水ともよくケンカした。

遥はなかなか清水の言うことを聞かなかった。

清水の言うことは正解なのかもしれない。近道なのかもしれない。

でも自分でひとつひとつ試して、確かめたかった。

正しい答えなんか、最初から教えてほしくない。

自分でいろいろ試みて失敗したい。それさえも楽しみなことだった。

九段下《くだんした》の駅まで来ると、遥は都営新宿線に乗りかえた。

東大島《ひがしおおじま》駅まで二十分ほどである。

ふだんは大学の寮にいるが、近くまで来たので、久しぶりに家に顔を出そうと思っていた。

次の駅に到着すると、客がどっと乗り込んできた。

一番最後に腰の曲がったおばあちゃんが歩いてきた。

「ふう……」

遥が立ち上がると、おばあちゃんがびくっとした。

「どうぞ」

遥は席を譲った。

「あ……。ありがとう」

おばあちゃんが遠慮がちに座る。

やはり威圧感がありすぎるのか。自分ではわりと謙虚だと思っているのだが。

お礼を言われても気恥ずかしいので、素早くそこから離れ、ドアの際に立った。

しばらくして電車が地上に出る。外を見ると、窓ガラスに雨が当たり始めていた。

鞄の中を探したが折り畳み傘はなかった。

遥はスマホを取り出して母にメッセージを送った。

『迎えに来てくれる？』

母は在宅で翻訳の仕事をしているから、タイミングがよければ来てくれるかもしれない。

だがしばらくして届いたのは、「ゴメン。今打ち合わせ。行けない。タクシー拾って」というメッセージだった。

残念ながら忙しいらしい。売れっ子だからしょうがない。

メッセージの下でかわいい猫のイラストが謝っていた。

いい年をして、女子高生の使うようなスタンプを送ってくる。

遥は肩をすくめた。

電車が駅につき、改札を出たが、折悪くタクシーはいなかった。

しかし雨は小ぶりになってきている。道路脇を流れていた落ち葉も止まった。

「走るか」

遥は走り出した。

スピードが乗る。

一つ目の角を曲がったところでスマホが鳴った。

表示を見ると、清水コーチからだった。

電話に出る。

「おお、遥か？」

「コーチ？」

「日本陸連からオリンピックの選考の件で連絡が来た」

遥は走るのをやめ、歩きはじめた。強化選手に選ばれるとは思うが、陸上界にも序列というものがある。過去の実績や、陸上競技会への貢献なども参考にされるだろう。日本記録を出したとはいえ、他の選手との差は十センチ程度だ。

「どうなったんですか」

聞いてみる。心拍数が上がり始めた。

「やったぞ！　評価は満点だ。オリンピックの強化選手に選ばれたんだ」

清水の声が弾んだ。

「そうですか」

平常心で答えたはずだが、声は震えた。

やはり、うれしかった。

「ありがとうございま……」

そのとき、横から衝撃が来た。

（えっ？　なに？）

考える間もなく景色が消えた。

二

まどろみながら、遥は赤い霧の中にいた。

深い寂寥感《せきりょうかん》に包まれている。

「お父さん、どこへ行ったの」

泣きそうになった。

「……お父さんは星になったのよ」

母が答える。まだ若い。

「星に？」

「そうよ。いつも遥を見てるから」

母が泣きそうな顔で微笑んだ。

（そうだ。私は泣いちゃだめだったんだ）

我知らず力が入ったとき、目が覚めた。

知らない天井が見える。

ここは家じゃない。どこだったっけ……。誰か友達の家に泊まったのか。

ピピッとスマホのアラームが鳴る。

トレーニングの時間だった。ここがどこであろうと毎日の走り込みは欠かせない。たとえ雨でも嵐でもだ。

「んっ」

と、声をかけて起きようとしたが、まるで動かなかった。

体に重い石が乗っているようだ。

（なにこれ？）

不安が襲ってきた。そもそもここはどこなのか……。

「遥！　気がついた!?」

母の声がした。

「お母さん、ここどこ？　私どうしたの？」

「ごめんなさい。ごめんなさい……」

母の顔が歪《ゆが》み、涙でぐしゃぐしゃになっていて、別人のように見えた。

「遥、あなた事故にあったの。三日も意識不明だったのよ。私がちゃんと迎えに行かなかったから……」

「私、ケガしたの？」

ゾッとした。雨の中、何かとぶつかった瞬間を思い出す。あれは車だったのか。

断片化した記憶が一気につながる。

雨の帰り道。コーチの電話。そして突然の衝撃。

ベッドの隣の机に置かれたスマホの液晶画面がバリバリに割れている。

体は？

体は大丈夫なのか。

慌てて下を見ると両手は包帯を巻かれていたが、折れてはいないようだった。

しかしその下の足は厚く包帯を巻かれている。ギプスが入っているらしい。

「ああ、先生呼ばなきゃ！」

母は錯乱したようすで、必死にナースコールを押している。

「なにこれ。嘘でしょ」

骨折、捻挫《ねんざ》……。いずれにしても治るのに時間がかかる。強化選手に選ばれたばかりなのに。

「お母さん、私の足は……」

おびえつつ聞いたが、母は凍りついたように答えなかった。

しかしたとえ骨折だとしてもひと月あれば治るだろう。合宿には途中からでも参加させてくれるはずだ。

「なんで……」

なんでこんなときに。最高の環境でトレーニングして、もっともっと高く跳べるようになろうとしているときに。

必死に闘志を掻《か》き立てた。

立たなくちゃ。勝たなくちゃ。一生に一度しかない東京オリンピックなんだから。

自分は日本新記録を出した。オリンピックへの出場資格は完璧に満たしている。あと一年以上ある。絶対に間に合う。

こうなったら全力で元に戻すのみだ。

「大丈夫よ。まだ時間あるし」

なんとか笑顔で言えたはずだ。これがオリンピック直前でなくて本当によかった。

「遥、あなたは……」

「大丈夫だって。なんとかなる」

きっとできる。

しかし、この足はなんだ。

まったくなにも感じない。

それにしても母の顔色が悪かった。

「どうしたらいいかわからない。私はどうしたら……」

母が唸《うな》った。どこか異様だった。

「どうしたのよ！」

耐えきれず声を上げた。いったい何が起こってるのだ。

答えようとして母が苦しそうな顔をした。

四十を超えてもまだ美しい母がこんなに取り乱している。

もしかしてこれはものすごく悪い状況ではないのか。

（まだ夢を見ているの？）

子供のころ、高いところから落ちる夢をよく見たことがあるが、たいてい、落ちている途中で目が覚める。そして安心する。自分が死ぬわけなんかない。何も悪いことをしてないのに。

（こういうときは……）

遥は全身に気合を入れた。起きれば、現実に戻れるはずだ。

しかし景色は変わらなかった。

そのとき医師がやってきた。

心配よりも、現実を知りたいという気持ちが勝って、医師を問い詰めた。

もっと落ち着いてから説明するということだったが、我慢できなかった。

そしてついにわかった状況は――。

脊髄損傷による下半身麻痺。

聞いた瞬間、ぐんと心が沈んだ。世界がすぼまって色を失う。

こんな現実があるのか。

認めたくない。

おそるおそる足に触った。

だがやはり感触はない。

「これって……、治るんですか？」

怖れつつ聞いた。治るはずだ。自分は運がいい。治るならなんでもする。きっと治る。大丈夫だ！

しかし医師は首を振った。

損傷具合から見て、ふたたび歩けるようになるのは絶望的とのことだった。リハビリの進捗によっては多少好転することもあるが、元のように動くのは無理だ、と。

「お母さん、きっと治せるお医者さんを見つけるから……」

そう言って母が両手で顔を押さえた。

そんな、馬鹿な――。

それから毎日、深夜までネットの医学サイトを調べつくした。スマホの画面は割れたが機能までは失われていなかった。

三日それを続けると、ブックマークは百を超え、このケガについては専門家になれるくらい詳しくなったが、希望は見いだせなかった。かえって無理だと確信した。iPS細胞の登場で、新たな治療の可能性も出てきてはいるが、そのような治療をできる病院はまだまだ少なく、臨床研究も始まったばかりで、治療費もおそらく高額になる。それでいて本当に治るかどうかもわからない。雲をつかむような話だった。

（高跳びどころか、もう歩くことすらできないの？）

なぜこんな目に遭うのかわからなかった。

どうすれば避けられたのか。

そんなことばかり考えて、現実にうまくなじめなかった。

リハビリが始まると、さらに萎《な》えることが続いた。

自力で体を支えられるように、ベッドの上で上半身、特に腕の筋力トレーニングをするのだが、車いすに乗り移れるようになるのも一苦労だった。

（こんなにも不自由なのか）

ただ移動できるようになるためだけなのに、気の遠くなるような練習が必要である。高跳びのための練習なら苦にもならないが、やる気の起きない練習をすることのつらさはひとしおだった。

しかしリハビリのメニューはびっちりと組まれている。

やっているときには、体の苦しさで、少しだけ虚《むな》しさを忘れることができるから、欠かさないようにした。

でもなにより足を見るのが嫌だった。

筋がなく細くてだらんとしている。

あの鍛えに鍛え抜いた筋肉は、あっさり消えた。

見たくなくて、入浴するとき以外、暑くてもスウェットを穿いた。

冬になり、ようやく車いすに乗り移れるようになると、今度は乗り方のトレーニングが始まった。

ドアの下部にあるわずかな敷居など、ちょっとした段差を乗り越えることすら最初は難しい。下半身の踏ん張りがきかないので、段差で体がつんのめる。また、こぎ続けるには、腕力がかなり必要となる。そしてそのときは気づかなかったが、病院の車いすは重いので、なおさら体力が必要だった。

方向性のコントロールも難しく、初めのうちはいろいろなものにぶつかった。

例えば、テーブルに着くとき。母にいすを外してもらってそのスペースに車いすを滑り込ませるが、外してもらったいすに前輪がぶつかってしまう。また、距離感を見誤って、奥に入り過ぎ、胸をテーブルで打つこともあった。

テーブルで食事をする場合は、なるべく深めに車いすを入れる。これは奥の物を取りやすくするためと、机と胸の間に空いたスペースに物をこぼさないためだ。

そして安定性を確保するために、タイヤを固定するブレーキを必ずかけ、テーブルに腕をついて、体を固定する。

何も知らずにこの姿勢を見ると、行儀が悪いと眉《まゆ》をひそめる人がいるので、周りに前もって言う配慮も必要だった。

手間が多すぎる。

今まで何でもないように過ごしてきたことが、どんなに楽だったことか。

そして、ようやく移動できるようになっても、やることがなかった。

（これからなにをすればいいの？）

あれほど足りなかった時間がこんなにも余っている。

空虚だった。

自分だけを残し、時はゆっくりと流れていく。

仕方がないので、スマホのゲームをして時間をつぶした。

これではまるで引きこもりの小学生のようだとふと笑った。しかし何もやる気が起きない。

「遥！　大学の陸上部の友達が来てるわよ！」

ある日、母がそう言って駆けてきた。

「会いたくない」

反射的にそう言った。

格好悪いし、同情されるのも嫌だった。弱った自分を見られたくなかった。

「でも心配して来てくれてるのよ」

「心配してくれても足は治らないから」

「ほんとにいいの？」

母が聞く。

「……誰が来てるの？」

「部長の小林さん。あと四人くらいいたと思うけど」

全部で五人、か。

「悪いけど帰ってもらって。いろいろ思い出しちゃうから」

「でも……」

「あのときお母さんが迎えに来てくれてたら、こうならなかったのよ」

「……。ごめんね」

小さな声で言うと、母は出て行った。

（やつあたりだ）

ぶざまだった。罪悪感が胸に満ちる。母は何も悪くない。

だが弱い心で陸上部の仲間たちと会いたくなかった。

かつて、遥は小学生のころ、父がいないことでいじめられたことがあった。

そんなことは、自分にはどうしようもできないことだった。

でも負けるものかと思った。負けん気の強い遥は、ひたすら勉強を頑張った。

特に体育は得意だったので、走り高跳びで区の連合運動会記録を出すと、いじめてくる者はいなくなった。

弱いからいじめられる。強い者はいじめられない――。

それは遥が得た世の中の教訓だった。

しかし今、自分は人に誇れるものがない。誰よりも得意だったものがなくなった。跳べなくなった。むしろ体が不自由になり、どう考えても人より劣ってしまったように感じる。どれだけがんばっても、もう勝つことはできない。みじめだった。

そして見舞いに来てくれた仲間たちと会うのを避けて以来、もう誰も来なくなった。自業自得だった。

リハビリが終わったのは事故から五か月後、年が明け春を迎えたころだった。

その一週間後、大学から連絡があり、遥は初めて一人で外出した。

三

大学内の通路を車いすで進んでいると、人はまばらだった。桜が咲き始めている。

校舎の隣にある陸上部の部室に向かった。

体育大学のグラウンドは広いので、陸上部の練習場所からは遠いのがありがたかった。そちらのほうを見ずに進んでいく。

入口の小さな段差を乗り越え、部室に入ると、ロッカーに残っていた荷物を整理した。

スポーツウェアやジャージ、シューズ。タオルやバイザーやサングラス。

シューズはスポンサーから供与をされたものだった。

私が私であったカケラたち。

陸上部を続けられないのは仕方のないことだ。

コーチからはその旨、メールが来たし、スポンサーからも、申し訳ないし大変気の毒だが、もう提供は続けられないとメールが来た。

(お願い。誰も来ないで)

荷物をすべて段ボールに入れて膝の上に置き、運び出す。

部室が狭くて、車いすをあちこちにぶつけてしまった。

急いで部室を出る。

そのとき、グラウンドから「行きます！」と、聞き覚えのある声が聞こえた。

反射的に見てしまう。

「あっ」

思わず声が出た。

みちるが陸上部のみんなの中心にいた。

あそこにいるのは私だったはずだ。

空を跳んで広がったみちるの髪が日の光に輝いている。いちだんと力をつけたようで、皮膚の下に見える筋肉の動きもなめらかだった。

そのとき声が飛んできた。

「先輩！」

目ざとく遥のことを見つけたのは後輩の忍だった。

その声でみなが遥に気づいた。

「遥先輩！」

部員たちが、駆け寄ってくる。

（逃げたい）

でも車いすではそんなに速く進めない。のろのろと逃げ出す姿はさぞみっともなかっただろう。

女王の成れの果てだ。

「大丈夫なの……」

部長の香織が言いかけて語尾が途切れた。

大丈夫なわけない。

遥は肩をすくめ、無理に笑顔を浮かべた。

「しかたないですよ。こういうことになったんで」

車いすに乗って以来、逆にこちらが気を使うことが多くなっている。なんといっていいのか、相手が言葉を失うため、自分が話をつながねばならない。

「春休みも練習で大変ね」遥は言った。「私は家でのんびりしてたけど」

冗談だったが、みんなは笑っていいのかどうかわからない雰囲気だった。

まわりの人間は、まるで希望なんてないという風に自分を見る。

コミュニケーションが難しかった。今まで誰かに気を使って、話をつなごうなんて思ったことはなかった。
ただ無心に跳んでいればよかったし、それが遥の望みだった。
跳ぶだけで褒められたし、話も弾んだし、誰にも気を使わずに済んだ。
無言になった遥を、みなが遠巻きに見ていた。
こちらとあちらの間に厚い壁がある。
もう仲間じゃないのかもしれない。
「先輩、がんばってください」
「がんばってください……」
後輩たちはうっすら涙を浮かべていた。
これ以上、がんばりようはないが、遥は頷《うなず》いた。
「あなたたちもね」
遥は顔を背けると、車いすを漕いだ。しかし遅々として進まない。
前なら三十秒もかからず、校門まで行けただろう。
かたつむりになった気分だ。
高跳びのバーを横目で見る。
（高い……）

前に見ていたときより、バーがはるかに高いところにある。

(そうか。前は立ってたからだ)

高く感じる原因に気づいた。座ると視線はぐっと低くなる。

それにしても、あんな高さを跳んでいたのか。

高跳びの女王。無敵の女王。

そんな新聞の見出しを思い出した。

振り切るように車いすを進めようとしたが、タイヤが泥のぬかるみにとらえられて動かなかった。

(誰か……)

振り返ってもう誰も自分のことを見ていなかった。

みちるという新たなエースを得て、部員たちは前を向いている。

用無しか――。

遥は笑った。どうしてかはわからないが、なぜかおかしかった。

四

持って帰ってきた段ボールの中身を全部ゴミ箱に捨てて、リビングでテレビを見ていた。

お笑い芸人が何かをして、みんな笑っている。

内容はちっとも頭に入ってこない。

でも沈黙よりはましだった。

「遥、帰ってたの？」

母の声がした。

「うん……」

「電気くらいつけたら」

いつの間にか日が暮れていた。母が電気をつけると、まぶしくて一瞬目を閉じる。

バラエティが終わり、オリンピック特集が始まった。このところどのチャンネルでも特集を組んでいる。

世界のアスリートたちはみな来年の八月をピークに体調を整えてくるだろう。

強化選手のリストには自分の代わりにみちるが入った。

テレビの中で嬉しそうにインタビューに答えている。

本当ならあそこにいるのは私だった。

突然テレビが消えた。

「もうすぐご飯だから」

母がリモコンをそっと置いた。

気まずい沈黙が流れる。

遥はすぐにテレビをつけた。

母はそんな自分を見つめたが、うなだれるだけで、まるで怒ろうとしない。

あのとき母が迎えに来てくれれば。

そうも思う。

打ち合わせしていたのは駅の近くだった。

事故にあったとき、母は出版社の編集者と会っていたらしい。

打ち合わせはもう終わっていたが、編集者に、飲みに誘われたそうだ。

翻訳をすごく褒められていい気になってしまった、あなたを迎えに行かないで悪かった、と。

いい年をして、とも思う。

でもそれを言い出せば、理由は無限にあった。

あの電話が来なければ。

あの電車に駆け込まなければ。

あの道を通らなければ。

陸上部のみんなと一緒に帰っていれば。

避けうる方法は無数にあった。

でも目の前には、もう跳べないという現実が横たわっている。

高跳びの試合では「たら、れば」とならないように、練習する。後悔の種を残さぬよう、万全の体調管理をする。

けど、事故なんてどうしようもない。

極論すれば、空から急に隕石が降ってきて当たったら死ぬ。

何万回も考えた。

どうしても助からなかったのかと。

しかし過去には戻れない。

覆せない事実。

それでも高跳びが好きだった。

どうしても高跳びが好きだった。

なぜそれを奪うのか。

台所にいる母の背中を見た。

母のせいではない。

でも母に対して冷たく当たるのは避けられなかった。

一種の甘えかもしれない。

お母さんだったら、守ってよ。

お母さんだったら、助けてよ。

そんな甘え。

みじめだった。

事故に遭うまでは幸せしかなかったのに、足が動かなくなったことですべてがだめになった。

幸せはあっという間に崩れ落ちた。

みんな薄氷《はくひょう》の上に立っている。

でも落ちた人しか気づかない。

テレビの向こうは気楽そうだった。

足の不自由な人なんて一人もいない。

もうどこにも行けない――。

玄関のチャイムが鳴った。

五

母がインターホンに出た。

（宅配便か）

だとしても遥は取りに行けない。ドアを開けたり、ハンコを取りに行ったりするのにいちいち手間がかかる。

「遥、お客さん……」

母が言った。

客？　誰が？

まるで心当たりがなかった。

陸上部の誰かか。でも落ちぶれた自分に会いに来る人なんているのか。

考えている間にすぐ、むさ苦しい男が入ってきた。

「宮本《みやもと》先生!?」

思わず声を上げた。遥が高校生のときの担任、宮本浩《ひろし》だった。

「遥！」

宮本はしばし絶句したあと、飛びつかんばかりの勢いで走り寄ってきた。

遥の前で止まると、宮本の顔が大きくゆがみ、涙がぽろぽろとこぼれた。

「本当か、本当なのか！」

宮本が痛々しそうに足を見た。

「なんでこんなことに！」

母以外で、遥の足のことに、ここまで直接触れたのは宮本が初めてだった。というか、触れすぎだった。まるで遠慮というものがない。

「先生、しかたないから……」

「ふざけるな！　しかたがないですむわけないだろう！　なんでお前が……。百年に一人の足なんだぞ！」

「先生、それはもう……」

「私のせいです！」

母が叫んだ。

「私がやったんです。私がこの子の未来を奪ったんです！」

母は懺悔《ざんげ》するように言った。

「これからどうなるんだ！」

「な、なんなの？」

宮本が頭をかきむしる。

「すみません！　許してください」

母が堰《せき》を切ったように号泣した。

「ちょっと！　なんで私が部外者になってるのよ！」

とんだ愁嘆場《しゅうたんば》だった。

母もこの半年間張りつめていたのかもしれない。

しかしどう考えても一番傷ついているのは私だ。

しかし宮本も母も止まらなかった。

「オリンピックが！　俺の夢が！」

「許して！　許してください！　私の足をどうかかわりに……」

「いい加減にして！」

遥が怒鳴った。

母と宮本がようやく我に返って遥を見た。

「そんなのさぁ……。そんなの自己満足だよ！　謝ったって足が返ってくるわけじゃないし！」

「うっ……」

母がまた声を上げて泣き崩れた。

「先生も先生だよ！　オリンピックは私の夢だったんだよ」

「す、すまん！」

宮本が手を合わせて謝った。

「もうっ！」

高校時代と変わらぬ宮本の馬鹿さ加減に、遥は脱力した。悪気はない。

いくら腹を立てても、のれんに腕押しである。

「でも遥。お前はどうなんだ」

「何がよ」

「まだ泣いてないんだろう？」

宮本がまっすぐ遥を見た。

「それは……」

「お前は気が強すぎる。自分に負けることを許さない……。でもな、お前が耐えられても、お母さんは耐えきれん。人は、つらいときにはつらいって言うのが自然なんだ」

「でも……」

泣くのは嫌だった。

泣いたら最後まで守っていたものまでなくしてしまう。

「だから俺がかわりに泣いてやったんだ。つらかったんだろう？」

「すみません、先生……」

母が言って、また泣いていた。

なによ、勝手に泣いて、勝手に楽になって。

「何しに来たのよ、先生」

「決まってるだろ。お前が心配だったんだ。お前は俺の教え子だ」

思わず苦笑する。熱すぎるところはまるで変わってない。

深川二高の陸上部でも、時代遅れのスタイルで竹刀を振り回し、部員たちを叱咤《しった》激《げき》励《れい》していたものだ。

その勢いのまま、今も人の人生にドカドカと遠慮なく踏み込んでくる。

「俺はお前の足に惚《ほ》れてたんだ……」

宮本が細くなった遥の足を見つめた。

「変態！」

遥は素早く足の上に手を置いた。

「い、いや、そういう意味じゃない！」

「冗談です。先生、相変わらずですね」

やはり変わらない。高校時代、こうやってよくからかったものだ。ゴツイ顔のわりにウブである。

遥は少しだけ笑った。

笑ったのはいつぶりだろう。

思い出せない。

「脅《おど》かすなよ。教師ってのはいろいろと大変なんだぞ……」

「先生はパワハラとセクハラには気をつけてください」

「よけいなお世話だ。でもまあ、その人を小馬鹿にするお前の態度、それでこそ女王だな。ふふ」

「なんですか、それ？」

「ようやくお前らしくなってきたってことだ」

「私は昔から優等生ですけど、なにか？」

「男子とよくケンカして泣かせてたろ」

「勝手に泣いたんですよ」

遥はむくれた。久しぶりに感情がゆるやかになっている。

宮本は自分の過去を連れてきてくれたらしい。

「それで今の陸上部はどうなんですか。インターハイ、行けそうですか？」

自分以外のことに興味が向いたのも久しぶりだった。

「いや、それがな。もう高校は辞めた」

「やっぱりクビになったんですか」

「人聞き悪いこと言うな！　新しい学校に変わっただけだ。ちょっと面白いところだが」

「面白いところ？」

「ああ。ブリッジスクールといってな。小学生くらいの子供たちのフリースクールだ。このすぐ近くで、子供と一緒に体を使って学んだり遊んだりしてるんだ」

「へえ……」

想像がつかなった。あの鬼体育教師が小学生の相手をしてるなんて。

「よかったらお前も見に来ないか？　悪ガキばかりで手を焼いてるんだ」

「怒鳴りつければいいじゃないですか。昔みたいに」

「もうそんなに若くない。腰も痛いしな」

宮本が渋く笑った。そういえば顔に皺《しわ》が増えたようにも見える。定年も近いのだろうか。

「なあ、遥」

宮本が遥を見つめた。

「たまにはひと休みするのもいいもんだ。お前は昔から上ばかり見ていただろう。今はゆっくりとまわりや足元を見てもいいときだと思うぞ」

六

宮本が言いたいことだけ言って、しかも夕食まで食べて帰ったあと、遥はようやく自室に戻った。

ベッドに座り、写真スタンドに飾られた高校時代の陸上部の合宿写真を見る。

真ん中で竹刀を持ち、にかっと笑っている宮本の姿があった。

遥はその脳天にチョップを振り下ろしている格好で写っている。

何もかも懐かしい。

「ゆっくりまわりを見ろって言われてもね……」

見回しても何もない。

自分から高跳びを取ったら、驚くほど空虚だった。

冷蔵庫から持って来たコーヒー牛乳のパックにストローをさして飲む。もうカロリー計算もやめた。そもそも体重計にも乗れない。ストローの袋がフローリングの床に落ちて、静電気で張りついた。取ろうとしたが、車いすの上からでは届かない。

そのまま放っておき、スマホのゲームアプリを起動した。画面の上から落ちてくるブロックを消し始める。

一面一面クリアしており、今では三五一六面となっていた。このレベルまで来ると、さすがにブロックはなかなかうまく消えてくれない。思わず参ってしまうような仕掛けがある。

爪を嚙《か》んだ。

『なんでお前が……。百年に一人の足なんだぞ！』

宮本の声が蘇《よみがえ》った。

ふいに涙が込み上げてくる。

遥はこらえた。

（私は泣かない）

泣くのは負け犬だ。

遥は嗚咽《おえつ》をこらえた。

自分は、本当に何もできないのか。

「泣かないってば！」

遥は気合を入れた。

お尻をずらし、半身になって腕を伸ばす。バランスを失って車いすから落ちそうになるが、あわてて左腕でひじかけをつかみ、踏んばる。もう一度右手を伸ばし、床に落ちていたセロファンをつまんでゴミ箱に捨てる。

（一つできた）

自分に残っているのは意地だけだ。

泣いてやるもんか。

まずは、できないことを一つずつ減らしていく。まわりから見たらなんてことないことかもしれないが、自分の中では進歩である。そもそももう誰も自分をヒロインとして見ていない。

七

翌日、遥は出かけることにした。

「本当に一人で行くの？　大丈夫？　お財布持った？　携帯は？」

母がまとわりつくように世話を焼く。

「確かめた。時間はいっぱいあるから」

「無理しないで。何かあったらすぐ電話して」

「大丈夫だから」

母のほうを見ずに進んだ。

部屋を出てエレベータで一階まで降り、車いすで進んだ。エントランスを出ると、ふわっと暖かい空気が頬を撫でた。

事故から六か月。

自分から一人で出かけようと思ったのは初めてである。

病院や学校の事務手続き以外は引きこもりだった。

（自分が引きこもりになるなんてね）

歩道を進んでいくと、そこかしこで桜が咲いていた。

（そうか。春か）

今の自分は休学扱いになっている。

これからどうすればいいのか。

どうでもよかったので、まずは目的地までの道を思い浮かべた。

なるべく平たんな道。

段差や階段のないところ。

混んでいないところ。

できるだけ電車には乗りたくない。エレベータを探す手間があるし、エレベータそのものがない駅もある。あったとしても、一度地上に出て、エレベータのあるところに、長々と移動しないといけなかったりする。

また、時間帯によっては、電車はすぐ満員になるから、車いすで乗るのは避けたかった。そうでなくとも、段差を越えるときなどは駅員さんに協力してもらわねばならず、申し訳ない気持ちになる。普通の公衆トイレには入れず、手すりのあるトイレを探さねばならない。

とにかく不自由だった。

いきおい、自宅にいるばかりとなってしまいがちだ。

遥は歩道を進みだした。

出るときに見たスマホの天気サイトでは、予報は晴れとなっていた。雨が降るとまた面倒になる。

いくつかの横断歩道を渡り、ひと駅分くらい車いすを走らせて小松川公園の横を進むと旧中川の広い河原に出た。芝生がずっと続く川岸には散歩している人や近くの保育園児たちがいた。

空はよく晴れており、北のほうに目をやると、スカイツリーがくっきり見える。売店がある水彩《すいさい》ベースの横まで来ると、遠くに宮本の姿が見えた。

「おお、遥。さっそく来たか！」

宮本が手を上げて走ってきた。

「陸上やめたら暇が多くて。ここ、なんですか？」

「ここはな、東京で唯一の『川の駅』だ」

「川の駅？」

道の駅ならぬ川の駅。近くには、江戸時代のこのあたりのようすを展示した船番所資料館もあった。

「このあたりって、こんなにきれいでしたっけ？」

しばらく来ていなかったが、まわりはすっかり様変わりして、きれいに整備されていた。

「ここだけじゃない。今度、近くに海の森水上競技場ができるんだぞ。見ろ！」

宮本はオリンピックのポスターを指さした。

二〇二〇年、東京オリンピック、パラリンピックでは江東区近辺にはいろんなスポーツ会場が設置される。水泳のために東京アクアティクスセンター。そしてボートやカヌースプリントのために海の森水上競技場。晴海《はるみ》には選手村もできる。

このあたりのいろんなところで開発が進んでいるらしい。

きっと多くの客がつめかけるだろう。

遥はそのあいだ海外にでも行きたかった。オリンピックを忘れたかった。

「楽しみだな、オリンピック！　近場で見られるぞ」

宮本がのんきに言った。

(人の気も知らないで。なに言ってんの？)

むっとしてにらむ。

「どうした？　あっ、これか」

宮本は、はがれているポスターの端を丁寧に直した。

「お前、意外に細かいところを気にするもんな」

宮本は笑った。

(そこじゃない)

宮本の鈍感さにまたも肩透かしを食う。のれんに腕押し。

もっともそれは、ありがたくもあった。

母のように心配されすぎても困る。

「さ、行くぞ」

宮本はさっさと歩いて行った。

「ちょ、ちょっと待ってください」

遥は車いすでついていった。

「どこにあるんですか？　そのブリッジスクールって」

「そこだ」

宮本が川を指さすと、子供たちのカヌーが連なって姿を現した。
七、八人はいる。
「えっ……。なんですか、あれ？」

「カヌーの練習さ」

宮本が誇らしげに言った。

子供たちのカヌーが水上をぐんぐん進んでくる。

「カヌー？」

「ああ。スクールの授業の一環だ」

「こんな都会の川でカヌー？」

カヌー教室があるというようなことは聞いていたが、実際に見たのは初めてだった。色とりどりで、驚くほどの数だ。

「このあたりは江戸時代から水運の町だ。ベニスにも劣らない水の都《みやこ》なんだぞ」

「へえ……」

初耳だった。ただの荒川の支流だと思っていたのだが。

子供たちはわあわあ言いながら、カヌーを漕いでいる。

「見ろよ。みんなカヌーが大好きなんだ。かんたんだし、気持ちいいし、なんてったって面白いからなぁ」

ながめていると、子供たちはカヌーを器用に岸へつけ、降りて来た。

岸の一部は木の板が組まれて出っ張りになっており、カヌーが接岸しやすいよう船着き場になっている。

宮本によると、江東区がカヌーの普及に、おおいに力を入れているらしい。川の東の江戸川区でも川岸にカヌーの艇庫《ていこ》を設けている。カヌーがこんなに普及しているとは知らなかった。

宮本が歩いて子供たちに近づいて行く。

「おおい！　みんな、お客さんだぞ！」

声をかけると、十歳くらいの子供たちがいっせいに遥を見た。

子供相手だというのに、少し身構えてしまう。

「先生、誰ですか、この人？」

こまっしゃくれた顔をした男の子が言った。

「先生の娘？」

大きなカメラを首にさげた女の子も聞いてくる。

「もしかして愛人？」

男の子がませたことを言った。

「バ、バカ、達也《たつや》！　何言ってる。俺の教え子だ」

「なんだ～」

子供たちが笑った。

先生は相変わらず教え子にいじられているらしい。

でも、信頼され、愛されていることもしっかり伝わってくる。

「ほら、お前ら、自己紹介しろ」

宮本が促した。

「俺は、佐藤《さとう》達也。五年生。……っていってても学校行ってないけどな」

「私、杉下里奈《すぎしたりな》……」

里奈がはにかんで言った。愛嬌があるが、日本人離れした彫りの深い顔だった。

「先生の元教え子の藤堂遥です」

遥も自己紹介した。

「お姉ちゃん、ケガしてるの？」

里奈が遥の足を見て聞いた。

他の子供たちも遠巻きに遥の車いすを見つめている。

「……。そうよ」

「ほんものの車いす、初めて見た！」

しかし子供たちの興味は、遥よりも車いすにあるようだった。

少しホッとする。

「ちょっと押してみていい？」

達也が聞いた。

「いいよ」

達也がゆっくりと車いすを押す。

それを里奈が首から下げているカメラで撮った。体に合わない、妙に大きなカメラだ。

「これ、ブレーキ？」

達也が聞いた。

「そうよ」

「へえ。乗ってみたいなぁ」

「……。つまんないわよ、こんなの」

「そうかなぁ」

達也がなおもじろじろながめている。足のことより車いすのほうが気になるらしい。

そのようすを里奈がカメラで撮った。

「達也ってメカが好きなのよ。メカオタクって感じ？」

里奈が笑いながら言った。

「お前だっていつも写真ばっか撮ってるだろ」

「いいじゃない」

幼い同士、仲がよい。見ていて微笑ましくなる。自分にもあんな頃があったのだろうか。

気がつけば妙に和《なご》んでいる自分を発見した。

「休憩したら、今度は遠出するぞ」

宮本がみんなに言った。

「はぁい！」

子供たちが待ちきれないといった風に返事をした。

「どうだ、遥。お前もちょっと乗ってみるか？」

「は？　乗るって何に」

「決まってるだろ。カヌーだよ」

「はあ？」

遥は宮本をにらんだ。

「馬鹿言わないでください。車いすですら、ちゃんと乗れるようになるまで半年かかったんですよ」

「大丈夫だって。ちゃんとサポートするから」

「できるわけない！」

それに溺《おぼ》れたらどうするのだ。

「お姉ちゃん、怖いの？」

達也がバカにしたように笑った。

「はぁ!?　誰が？」

思わずカッとした。

「な、なんだよ」

遥の剣幕に達也が少しびびっていた。

「私は足が使えないのよ？」

健常者が乗っても不安定なのに、足の動かない自分が乗るなんて馬鹿げている。

しかし里奈がとりなすように言った。

「でも、お姉ちゃん。カヌーに乗ったら足使わないよ」

「えっ？」

あらためてカヌーを見た。確かに乗っているときには使わないかもしれない。だが、乗り込むときや、降りるときはどうするのか。

「遥。体が不自由でもカヌーを楽しんでいる人はいっぱいいるんだぞ。俺もそういう人のために何度も補助をしたことがある。かんたんなもんだ」

宮本が言った。

陸の上でも不自由なのに、水上に出たらいったいどうなってしまうのか。

「体を支えられなくても、まわりにクッションをつめれば乗れる。漕いだら進むしな。池の貸しボートのようなもんだ。腕力までなくなったわけじゃないんだろ？　お前、腕相撲も強かったじゃないか」

「それとこれとは違うと思います」

「浮いているだけでも楽しいんだけどな……」

宮本が残念そうに言う。

遥も多分、乗れるだろうとは思う。しかし、トラブルがあっても自分では何もできず、他人に頼るしかない状況が怖い。

しかし達也が言った。

「先生、無理だって。女だし、どうせすぐ泣くよ。怖がりは岸で見学してればいいんだ」

「誰に向かって言ってるの!?」

達也をにらみつけた。

なんて腹の立つガキなのか。

「じゃあ乗るのかよ？」

「当たり前でしょ！」

「おお～！」

子供たちから歓声が上がる。

しまった。子供みたいに挑発に乗ってしまった。しかも一度言ったら引くことはできない。我ながら、自分の勝ち気が嫌になる。

「でも先生。乗ったって、何もできないですからね。こんな体だし、ひっくり返るのがオチですから」

「いいから、いいから」

「無茶やらせたこと、後悔しますよ」

捨て鉢な気持ちになった。乗れないというところを見せつけてやれば、宮本も後悔して、二度とカヌーに乗れなんて言わないだろう。

こんな壊れた体で、何を楽しめというのか。

＊

「行くぞ」

宮本は岸辺のカヌー乗り場まで遥の車いすを押していくと、子供たちに手伝わせて、準備をした。

カヌーを岸に固定し、車いすから降りた遥の両脇を宮本が抱えてカヌーに乗せる。まず足から、そして尻を入れていく。子供たちがしっかりとカヌーを支えていた。

「フィッティングするぞ」

宮本はクッションになるゴムのマットのようなものを体とカヌーの隙間に入れ始めた。それで体を固定するらしい。

「よし。離せ」

「はい」

子供たちが手を離した瞬間、カヌーがぐらりと揺れた。

「あっ！」

転覆する、と思って身を固くしたが、意外にもカヌーの揺れは収まり、安定した。

「そのままそのまま。あまり頭を動かさずに」

「は、はい」

「このあたりは流れがほとんどない。池みたいなもんだ」

宮本が言った。

「私、浮いてるの？」

意外になんともなかった。

水面を渡る風が気持ちよい。

川をのぞきこむと、透明な水の中を泳ぐ小魚が見える。

「ほら、このパドルで漕ぐんだ」

宮本がパドルを渡した。

「漕いでみろ」

「こうですか？」

遥が、見よう見まねでパドルで水をかくと、カヌーは思ったより進んだ。

「はっはっは、うまいじゃないか」

「これくらいはできます」

「天才だな、お前は」

宮本がまたオーバーなことを言った。

「よし！　お前たちも乗れ」

宮本の号令で子供たちもカヌーに乗る。

宮本自身も乗り込んで、遥とカヌーを並べてきた。

「じゃあスカイツリーの下まで行くか」

「はあ？　行けるわけないじゃないですか」

スカイツリーは北のほうに小さく見えるだけである。

「なあに、こっから三十分ほどだ」

「そんなにすぐ着くんですか？」

あそこはソラマチだとか水族館とか、かなりの繁華街だったはずである。

「このあたりは水路だらけって言ったろ。なんなら日本橋の下までだって行ける」

「あんまり行きたくないですけど……」

「かんたんだって。カヌーは船体が小さいぶん、水の抵抗も少ないんだ。さあ、今度は右、左と漕いでみろ」

遥がぎこちなく漕いでみると、カヌーはまっすぐ進んだ。

「その調子だ！」

「こうですか？」

遥がさらにパドルで漕ぐと、カヌーは川の真ん中まで一気に進んだ。橋の下を出ると、大きな青空が広がる。

「あれ……？　乗れてる」

慣性でカヌーが進む。

両岸には緑の芝生が広がり、ハゼを釣る人々の姿も見えた。

「おい、ちょっと待て！　すいすい行くな」

「これって公園のボートとかと同じですよね。もっと弱い力で動くけど」

「まあ似たようなもんだが、細いから転覆もしやすいんだぞ」

「そうですか」

遥はまた漕いだ。意外にスピードが出る。滑空するような感覚が、気持ちいい。

「待てったら！」

宮本があわてて追ってくる。

「普通はみんなびくびくしながら乗るもんだぞ」

「私は普通じゃないんでしょ、きっと」

「まったく……」

宮本があきれたような顔をした。

「でもひとつわかったことがあります」

「なんだ？」

「カヌーに乗ればみんなと同じ……」

遥はついてきた子供たちを見回した。

「なに？」

「見た目もみんなと変わらない。視線の高さも同じだし、体が不自由ってことを忘れられるっていうか」

それは意外な発見だった。

どちらかというと人とは違う自分、人より強い自分を求めてきたが、今となっては、普通がやすらぐ。人と変わらないのがうれしかった。

人の見る目というのはやはり知らず知らずのうちに効いてくるのだろう。「自分は自分」と突っ張れるときもあるが、体の調子が悪かったり、気が弱くなっているときは、異物を見るような人の目はつらい。目立ちたくない。そこはやはり自分も人間なのだ。

この私が、人と同じでいることをこんなに求めているとは。

「いつも車いすじゃ、見上げてばかりで大変だろうな」

宮本が言った。

「どっちかっていうと、私は上から目線が得意なんで」

「女王ば健在か」

宮本が苦笑して、続けた。

「水上はバリアフリーだ。エレベータもエスカレータもない。頼るのは腕だけだ。うまくなれば、あめんぼのように自由に動き回れるぞ」

宮本が漕ぎ出した。子供たちもすいすいと続く。

「待ってください」

遥もみんなに合わせて漕ぎ始めた。

川を上流に向かって進む。春の日差しが暖かく、日焼け止めを塗ってくるべきだったかと思う。岸辺で満開になっている桜を見つつ、いくつもの橋をくぐる。真下から眺める橋の姿もけっこう面白い。

川岸に群生した葦《あし》の陰には白や黒の水鳥たちの姿も見えた。

里奈がズームレンズを伸ばして写真を撮っている。

「あれって鳥ですか？」

「川鵜《かわう》や鴨《かも》、白鷺《しらさぎ》なんかもいる。なかなかいいだろう？　川からしか見えない景色もあるんだ」

「へえ」

「お姉ちゃん、早く早く！」

カメラをしまった里奈が呼ぶ。

「ようし」

遥が全力で漕ぐと、すぐに子供たちを追い抜いた。

「うわっ！　速い」

「すごい」

達也も里奈もびっくりしていた。

「当然よ。私、女王なんだから」

にんまりした。子供相手だが、威張ることができて少し気持ちいい。

勝つことが当然だった自分を思い出す。

宮本が、こっちを見て微笑んでいた。

そっぽを向く。うまくハメられた感じがして悔しい気もした。

でもカヌーは確かに面白い。

そのとき、女性カヌーイストが横を通りかかった。

本格的なウェアを着ており、カヌーもずいぶん細くて長かった。遥をあっさり抜いていく。

本格的にカヌー競技をやっているのかもしれない。

遥はパドルを握る手に力を入れた。

これ以上、負けるのは嫌だった。

「バカ、やめろ！」

宮本の声が聞こえる。

遥は力いっぱい漕いだ。しかしどんどん差がついていく。

「なんでよ！」

さらに力んだ。しかしその瞬間、ぐらりとカヌーが傾いた。

「あっ！」

助けて、という間もなく、カヌーは転覆した。冷たい水が体を包む。

浮上しなければ。

しかし、足は動かない。もがくのは手だけだった。

水面は見えているが、下半身がカヌーから抜けない。

（死ぬ？）

恐ろしくなった。足が不自由になったあの事故ではすぐ気を失ったが、今は意識がはっきりしている。もがくほど肺の中の空気がなくなり、胸が苦しい。水面に出ることができない。

もうだめだ、と思った瞬間、遥は引き上げられた。

「無茶するな！　まだ脱出の練習もしてないのに」

助けたのはカヌーから川に飛び込んだ宮本だった。

遥を陸まで引っ張っていく。

水深は背が立つほど浅い。

でも自分一人なら死んでいたところだ。

〈人が溺れるときは、洗面器一杯分の水でも死ぬ〉

リハビリセンターで入浴方法について学んだときに教わったことだ。

「どうして言うことを聞かないんだ！」

遥を陸に引き上げたあと、宮本が怒鳴った。

「だって負けそうだったし……」

「なに!?　あれはどこかの選手だぞ。あのユニフォームは見たことがある。勝てるわけないだろ」

「そんなの、やってみなきゃわからないし」

「お前ってやつは……」

宮本があきれた顔をした。

「でもこれでわかったでしょう。私なんかが乗ってもすぐ死にそうになるだけです」

「バカ。カヌーはもともと沈《ちん》するものなんだ」

「沈する？」

「沈没の沈だ。誰でも沈する。転覆する。でもまた乗ればいい。そこが面白いんだ。荷物を流されたり、おっかけたりしてな」

「変なの」

遥は肩をすくめた。失敗することが前提になっているスポーツなんてあるのだろうか。川のほうを見ると、漂っている遥と宮本のカヌーを子供たちが取ってきてくれていた。

「ありがとう……。ハクシュッ！」

盛大にくしゃみをした。

水は思いのほか冷たかった。

「水中は季節が遅れてくるからな。まだ水温が低い。さっさと着替えろ。水彩ベースで更衣室借りてやるから」

宮本が遥を抱え上げ、車いすに乗せた。

「どうも……」

ようやく動けるようになる。

「お姉ちゃん、頭にラーメンつけてる！」

達也の声が飛んだ。

「はあ?」

反射的に、頭に手をやると、水草がついていた。

子供たちが笑う。

里奈がチャンスとばかりにカメラを構え、シャッターを押す。

「こらあっ!」

「うわ、怒った!」

子供たちが蜘蛛《くも》の子を散らすように逃げた。

「大人を馬鹿にしたら許さないわよ!」

遥がさらに声を上げた。

その頭に宮本が大振りのタオルをかけた。

「わっぷ!」

「ふいとけ。ドザエモンみたいだぞ」

遥はタオルでわしわしと頭を拭いた。

「これってほんとに学校なんですか!?」

思わず不平を言う。

「学校だとも。みんな本音を言って気持ちいいだろ？」

「でも礼儀がないって言うか……」

「そういうのが苦手な子もいるんだよ」

「えっ？」

「ここはな、不登校だったり、親にネグレクトされたりとか、事情のある子が通ってるんだ」

「……。そうなんですか」

子供たちを見た。普通に見えるが、みな、何かを抱えているのだろうか。

「子供の個性はそれぞれだ。このごろは親が外国人の子も多い。そうなってくると、文化も違うし、コミュニケーションの難易度も上がる。貧困家庭の子は親が忙しすぎて、礼儀を教えてもらう暇がない。学校の枠になじめない子も出てくる。っていうか遥、お前だってかなり変わりもんだぞ」

「そうかしら」

「自覚してないのか、お前は……」

宮本が苦笑した。

「でもな、誰にだって居場所ってやつが必要なんだ。心を開いて、人と触れ合えるようなところがな。そこでカヌーなんだよ。カヌーに乗って自然に触れると、誰でも笑顔になる。カヌーについて語り合える。みんなで助け合える」

宮本が、にかっと笑った。

「へえ……。ちょっと感動した。どこかの先生みたい」

「俺は先生だ！」

「そっか。そうでしたね」

「いつも俺をからかいやがって……」

宮本が肩を落とした。

（ううん違う。今はからかってない）

少し見直していた。昔は怒鳴ってばかりの熱血先生だと思っていたのだが。

「いつでも遊びに来いよ。子供らもお前のこと、気に入ったみたいだし」

「どうかなぁ」

達也の小憎《こにく》らしい顔をみつめる。

「いいから来いって。子供たちに社会のいろんな人と触れ合わせてやりたいんだ。それも教育の一環になる」

「まあ、気が向いたら……」

「よぉし！　待ってるぞ」
宮本が両手を腰に当て、大きく笑った。

八

翌日、遥は近所の図書館に向かった。
大学は相変わらず休学したままで、行くところもない。
（これじゃ引きこもりみたい。私がブリッジスクールに通わないとね）
静かな館内に入ると、奥のほうのスポーツコーナーへと向かう。
午前の早い時間だったからか、全体的に人はまばらだった。
しばらく探して、目的の本を見つけた。
だがそれは棚の一番上にあった。
（届かない……）
座ったままだと、まるで手が出せなかった。
背の低い人用なのか、踏み台が置いてあるが、虚しい。
カウンターのほうを見ても図書館の人はいなかった。
腕が震えるほど指を伸ばして、なんとか取ろうとしていると、誰かの手が後ろからすっと伸びてきた。

振り返って見ると、どこかの工場の作業着を着た若い男が立っていた。たぶん、自分と同じくらいの年だろう。

「ありがとう」

礼を言う。

「えっ？　これ、俺が借りるんだけど」

男は平然と言った。

「はぁ？」

自分のために取ってくれたのではないのか。

感謝したのに台無しだ。

「それ、私が先に見つけたんですけど」

「……仕方ないな。じゃあ貸してやるよ」

男がえらそうに本を差し出した。

表紙には『カヌー、勝利の法則』と書かれている。遥の気持ちをそそるタイトルだった。

「あなたの本じゃないでしょ。なによ、上から目線で」

「それ、笑っていいところ?」

男がクールに聞く。

たしかに誰でも遥を目の前にしたら、上から見つめるしかない。

遥は本を受け取ったものの、むっとしてにらみつけた。

気を使われると疲れるが、雑に扱われても腹が立つ。

「おおこわ」

男はため息をつき、去ろうとした。

「待ってよ」

「まだ何か?」

「……他にも取ってほしい本があるんだけど」

「はあ!?」

そんなわけでその若い男は、六冊の本を持って、カウンターまでつきあってくれた。

遥は貸し出しの手続きをする。

男も別に何冊か借りるようだった。

図書カードをのぞくと、加賀颯太《かがそうた》という名前が見えた。

「本当に、そんなに読むのか?」

「悪い?」

「カヌーが好きなのか?」

「別に」

遥はあらたに図書カードを作るためにカウンターで申込書を書いた。カードを作るなんて小学生のとき以来である。

「汚い字だな」

男が驚いたように言った。

「うるさいわね。読めたらいいの」

ひそかにコンプレックスになっている字のことを言われ、頭に来た。

本を借りて膝の上に載せ、車いすでぐんぐん進み、図書館を出る。

「おい! 読み終わったらすぐ返してくれよな」

後ろで男の声が聞こえた。

「わかった」

わざと愛想よく返事する。

二週間きっちり、借りてやろう。

家に帰るとすぐ、借りた本を読み始めた。

「勝利の法則」というタイトルが遥好みだった。

スポーツはやみくもに努力しても無駄なことが多い。それは体育大学で学んだことだ。理論と実践は表裏一体。同時にやる。トライアルアンドエラー。

はじめに基礎理論をたたき込むこと。

読み始めると、すぐに負けた原因が分かった。パドルの使い方だ。追いつけないはずだった。

パドルは肩幅よりやや広く持つ。そしてブレードは水面に対して垂直に入れていく。でないと十分に力が伝わらず、バランスを崩して沈することもある。

正面から見たパドルの角度も三十度ほどが望ましい。

意外と奥が深いものだった。

そしてたとえ基礎の理論を極めたとしても、そこから自分の特質との相性を探る過程が始まる。そこはどんな教本にも書いておらず、自分で試すしかない。そこはスポーツだ。

「遥。ごはんよ！」

呼ぶ声がする。

「いらない」

そう返事して、読み進めた。

筋肉のことについてはよく分かっている。

たとえば、走り高跳びと短距離走では使う筋肉が違う。余計な筋肉は、むしろ邪魔になる。

カヌーについての技術書を六冊読み終えるころにはもうすっかり夜が更《ふ》けていた。

「なるほど。理屈はわかった」

負けたままではいられない。

遥は机の一番下の引き出しを開けた。

バーベルやハンドグリップ、腹筋ローラーにバランサーなど、体を鍛えるツールがそろっている。使うのは久しぶりだ。

「腕力だけでどこまでもいける」と宮本は言っていた。

体を鍛えることは、嫌いではない。

部屋の整理をして床の面積を広げ、トレーニング機器を並べる。

だいぶ体もなまっているだろう。

九

翌日、遥は久しぶりに大学へ足を運んだ。

復学するためである。

いつまでも引きこもっているわけにもいかない。

それに、学生に戻らないと使えない施設があった。

手続きも早々に、遥は体育館の奥にある懐かしいジムへと向かった。

中に入ると、ピカピカに磨かれたトレーニングのマシーンが並んでいる。

どれが上半身に使えるかと物色しているときに、顔なじみのトレーナー、小西由希子《こにしゆきこ》とばったり顔を合わせた。

「こんにちは」

「藤堂さん！　久しぶり……。大変だったわね」

また哀しい表情だ。

「いえ」

気軽に応えた。このごろ、面《つら》の皮が厚くなってきた気がする。

気を使うのは相手であって、私ではない。相手のことはどうすることもできない。

自分が慣れるしかない。

「あの、トレーニングしたいんですけど」

「トレーニングって、あなた……」

「カヌーのトレーニングです」

「カヌー？」

「はい。カヌーを始めたんで、腕を鍛えたくて」

「藤堂さん、あなた……」

由希子の目に光がともった。そしてその目が潤《うる》む。

「だったら、とってもおきのがあるわよ。こっち来て」

由希子の声に張りが出た。

「はい！」

元気よく返事をする。

遥が由希子とともに、奥へ行くと、見たことのないマシーンがあった。

「これは？」

「エルゴメーターっていうのよ。こっちのエリアはボート部なんかが使っているから見たことないでしょ。ここに寝転がって、両手でワイヤーを引くの。こぐ力はこれでばっちり鍛えられるわ」

「さっすが小西さん！」

このジムでは身障者であってもトレーニングできる。だてに体育大学ではない。

「手伝うわ」

由希子はさっそく介助してくれて、遥をマシンに乗せ、下半身を支えた。

「さ、やってみて」

「はい。でも……」

「遠慮しないでいいから。最初は百回くらいが目安よ」

「わかりました」

遥は両手でバーをつかんで引っ張った。上腕の筋肉に強い負荷がかかって痛い。昨日の夜にハンドバーベルでトレーニングしたこともあって上腕は筋肉痛気味だった。

（この私が運動不足になるなんて）

歯を食いしばる。そんなことになるのは意思の弱いぐうたらな人間だけだと思っていた。自分が許せない。

調子がいいときには、体を動かす。調子が悪いときには、もっと体を動かす。それが遥のポリシーだった。

筋肉痛を無視してトレーニングしていると、汗が浮かび、体がほぐれ始めた。気分もよくなってくる。

「藤堂さん。もう百回だからこれくらいで」

「もっとです」

「でも……」

「やらせてください」

「ふふ。藤堂さんらしいわね。でも無理しちゃ駄目よ。具合が悪そうに見えたら止めるから」

「はい！」

遥はふたたび両手でバーを引っ張った。

懐かしい。筋肉を作っていく感覚。筋肉を増やすと、今までできなかったことができるようになる。やった分だけ自分を支える。

質のいい筋肉を作るには食事もタンパク質中心に、改良しなくてはならないだろう。鶏のささ身やプロテインをメインにする。炭水化物をセーブし、体脂肪率を下げ、鋼のような体を作る。血圧や呼吸数を記録し、バイオリズムを知る。やることは多い。

トレーニングが好きだった。筋肉は嘘をつかない。体を鍛えると、精神も強くなるのがわかる。

筋肉が震え、限界が来ると、遥はようやくトレーニングをやめた。

「やりきったわね」

「はい」

「塩は？」

「用意してきました」

汗でずぶ濡れになっているので、塩分補給は欠かせない。それとプロテイン。

「さすが藤堂さん。前と変わらない」

「はは……。体は錆《さ》びついてますよ」

「気持ちは錆びてないわ」

由希子が肩に手を置いた。温かい。

「あの、また来ていいですか？」

由希子に聞いた。

「当たり前よ。あなたはここの主《あるじ》だったんだから。お帰りなさい、藤堂さん」

由希子が言った。

十

ときどき旧中川に顔を出しつつ、ほぼ毎日、大学へウェイトトレーニングのために通った。図書館で借りたカヌーの本やカヌーのサイトも見る。YouTubeで公開されている関連動画も役に立った。

大学に再び通うようになったので、母も少しほっとしたようだった。

そして遥がジャージを脱いでTシャツ姿になったのは、ゴールデンウイーク明けのことだった。

河原の道を進んでいくと、宮本と子供たちは今日もカヌーの準備をしている。

「あ、お姉ちゃん！」

里奈が声を上げた。

「うわっ、遥、なにそれ！」

達也が近寄ってきて、目を丸くしていた。

「なんかおかしい？」

「だってその腕……。ゴリラみたい！」

「なんですって？」

達也の頭を抱えて、ヘッドロックする。

「いたい、いたい！」

「ゴリラじゃないでしょ。シュワルツェネッガーとかドウェイン・ジョンソンとかいろいろいるじゃない。ジェイソン・ステイサムも捨てがたいけどね」

ぐりぐりと力をこめる。

「おい、遥！　何してる」

宮本がびっくりしたようすで走ってきた。

「ハグです。かわいいんで」

「離せ！　離して！」

腕の中でこもった声が聞こえる。

「嫌がらせは腕力だけじゃないの。言葉も暴力なのよ？」

小声で言う。

「わかった。わかったから……」

「またなにか言ったら地獄見せるからね」

達也を解放してやった。

それでも達也は声を出さずに口の形だけで、ゴ・リ・ラと言って逃げた。

（悪ガキ！）

　思いながらもどこか楽しい。

「なんだその腕。太くなったな」

　遥の腕に目をやった宮本も言った。

「女子に向かってそんな言い方します？」

「いや、すまん。セクハラってやつか……」

「まあ、先生は今さらですけどね」

　遥は笑った。ここは子供だけでなく、自分にとっても居場所となりつつあるらしい。

「ここしばらく、ウェイトトレーニングで鍛えてたんです。パドルを動かすのって、腕の力でしょ。つまり上腕二頭筋。私、今まで走り高跳びの筋肉しかつけてなかったから」

「パドルってお前……」

　宮本が目を白黒させた。

「前に私が負けたのはパドルの入水角度が理想的じゃなかったからだと思うんです。あとは筋力不足」

「調べたのか」

「はい。あとコーチの力量不足もありましたね」

「おいおい。そこまで言うか」

宮本が笑った。

「じゃあ行きましょうか。試したいこともあるんで」

遥はカヌーのほうに向かって進んだ。鍛えたおかげで、車いすを動かすのもずいぶん楽になっている。今日は本気で力いっぱい漕ぐつもりだ。

「先生。すごいね、遥」

うしろの方で達也が言った。

「天才なんて言われちゃいたがな。あいつが何かやろうと思ったときは、とことんやるんだ。教えてるほうが音《ね》を上げるくらいにな」

宮本が嬉しそうに言った。

宮本や子供たちに手伝ってもらって、カヌーに乗せてもらい、水上に滑り出す。

「待て、遥！　一人で乗るな！」

宮本が慌ててカヌーでついてくる。

教則本で見た通り、パドルを調整して漕ぐと、カヌーの進みが違う。腕力がそのまま推進力に変わる。

「よし」

ひとり頷いた。理論通りに練習すれば結果は伴う。

微調整して、最適の持ち幅と角度を見つけると、同じペースで漕いでみた。抵抗なく、すいすいと進む。水面を渡ってくる風が涼しい。もうすぐ来る夏の匂いを感じさせる。岸の木々の葉のざわめきも聞こえてきそうだった。このあたりは、東京とはいえ緑が多く、景色を見るだけで癒《いや》される。

「お姉ちゃん、スカイバスが来るよ」

里奈の声が飛んだ。

里奈は水彩ベースの横でカメラを構えている。

やがて名物の水陸両用バス、スカイダックが川に飛び込むのが見えた。満員の観客の歓声が上がる。

それをひとしきり見てから、遥は上流を目指した。流れに逆らうほうがトレーニングになるはずだ。

「お～い！」

宮本が呼ぶ声が聞こえた。

「スカイツリーまで行ってきます」

「待てって！」

遥は、ぐんぐん進んだ。

「嘘だろ……」

宮本が苦しそうな表情をした。

遥の体が宮本より軽いこともあるが、カヌーの推進力には下半身の力も大きく影響する。脚で踏ん張った力をパドルに伝達することで、よりスピードが出る。

しかし遥の下半身は固定されているだけで、力を生み出すことはない。ただ腕力だけで進んでいる。それなのに宮本と同じくらいの速さだった。子供たちが追いつけるはずもない。

「おい、スピード違反だぞ！」

宮本が叫ぶ。

「先生、ファイト！」

遥の声が前から飛んで来た。

宮本がスマホを取り出して、電話をかけた。

「おう、颯太か！　ちょっと頼みがあるんだが」

スカイツリーまで往復し、遥たちが帰って来ると、若い男がスクールの子供たちと一緒にカヌーの手入れをしていた。

「あれっ？　あなたは……」

顔に見覚えがあった。

図書館で本を取ってくれた人だった。

「まさかストーカー？」

「はあ？」

男が怪訝《けげん》そうな顔をした。

「宮本先生に頼まれたんだよ。それ、持って来るようにって」

男が言った。

船着き場に細くて白いカヌーが置いてある。

「宮本先生？」

そばにいた宮本を見た。

「ああ、颯太はな、このスクールの卒業生なんだ」

「ああ、それで先生って……」

「颯太はスポーツ用品のエンジニアでな。このスクールにいたからカヌーのことにも詳しい。今はボランティアで整備や修理をやってくれてる」

「へえ」

それでカヌーの本を借りようとしていたのか。

それにボランティアなんて、見かけによらず、いいところもあるらしい。

「この子は藤堂遥。昔の教え子だ」

「どうも」

遥は軽く会釈した。

「見てみろ、遥。そのカヌー、面白いだろ」

宮本が言う。

「なんか細いけど」

遥が白いカヌーを見た。

「知らないのか。スピードを出すためだ」

颯太がぶっきらぼうに言った。

「へえ、そうなの。知らなくて悪かったわね」

遥が言う。

「お前ら、知り合いか？」

宮本が不思議そうに聞いた。

「いえ」

遥が言うと、颯太も、

「無関係です」

と、言った。

(なんなの、その塩対応は?)

自分のことを棚に上げて、遥はいらだった。

本のことをまだ怒っているのだろうか。

「颯太兄ちゃん! お姉ちゃんのカヌー、すごく速いんだよ」

里奈が言った。

「ほんとか?」

颯太がこっちを懐疑的に見た。

「なによ」

「別に。ま、これ乗ってみたら」

「えっ、なんで私が?」

「それは特注の競技用カヌーだ。お前にぴったりだと思ってな」

宮本が言った。

「あなたが作ったの？」

颯太に聞く。

「まさか。外国から輸入したものを改良しただけだよ」

「ふうん……。わかった。乗ってみる」

遥は言った。勝つためなら、どんなものか試してみるのも一興だ。

カヌーを水に浮かべ、乗り込もうとすると、中にイスのようなものが見えた。

「これなに。イス？」

「これは体の不自由な人の体幹を支えられるよう、特別に作ったシートだ」

颯太が言う。

「へえ、そんなのまであるんだ。詰め物をしないでいいなんて便利ね」

遥は宮本の助けを借りて乗り込んだ。

「狭い……」

いつも乗っているカヌーに比べると、その艇《てい》はまるで針のように細かった。

バランスを取るのが難しく、いきなり転覆しそうになる。

「気をつけろ」

「……ありがとう」

「濡れたらシートがいたむ」

「カヌーのほうを心配してるの!?」

「人間は濡れても壊れないだろ」

遥はむくれた。

(やなやつ)

しかしパドルを構えると、また倒れそうになった。

「あっ……」

「気をつけろって言ったろ」

颯太が遥の体を支える。

「ちょっと。触らないでよ」

「じゃあ勝手にしろ」

颯太がカヌーを押した。

スーッと川の真ん中に進む。

動いているほうが、バランスは取りやすかった。

つまり自転車と同じようなものか。

遥は息を整え、慎重にカヌーを漕いだ。

（進む！）

遥は目をみはった。パドルのひとかきで驚くほどカヌーが進む。

「なにこれ。速っ！」

まるで水の抵抗を感じない。氷の上を進むようだ。

全力で漕いだ。まだパドルの入水角度は定まらないが、カヌーはすいすいと波を切る。

正面からの微風《そよかぜ》が抵抗に感じるほど速い。

（これ、楽しい！）

自然と笑顔になってくる。

遥の後ろにはアウトリガーカヌー（船体の片側にアマと呼ばれる浮力体がついており、サイドカーのような形式のカヌー）で颯太がつきそっていた。こちらも速い。

遥が岸に上がると、宮本が駆けてきた。

「おい遥、すごいぞ！」

宮本は片手にストップウォッチを握っていた。

「一分〇七秒だ！　信じられるか」

「えっ？　なにがですか」

「あの橋と橋の間はちょうど二〇〇メートルくらいなんだ」

宮本が言っているのは亀小橋と中川新橋の間だった。

亀小橋を通過し、さらに中川新橋に到達したときのタイムが一分〇七秒だという。

「とんでもないぞ、お前……。普通二分近くはかかるはずだ」

「ふうん……」

よくわからないが、漕ぐのは速いらしい。

しかしあの日以来、遥が勝てなかったカヌーイストは現れなかった。旅行で来て、偶然ここを通りがかり、乗っていったのだろうか。

かなうことなら、あの女性ともう一度競ってみたかった。

十一

それからも遥は週に三日ほど旧中川へ通った。たまに母も心配そうに見に来たが、遥の姿を見て安心したようすだった。

大学はまず卒業に絶対必要な単位を取る。ゼミをどうするかはまだ決めかねていたが、やめるつもりはなかった。

雨の日はジムで体を鍛えることができる。

そして、遥は宮本と近くの市民プールに行って泳する練習をすることになった。ブリッジスクールが提携しているプールらしく、平日の限られた時間に使えるらしい。

遥は久しぶりに水着に着替え、――もっとも高校時代のダサい水着しか持っていなかったが――、競技用カヌーに乗った。カヌーは颯太の会社が所有しているものらしい。

温水プールで遥は何度もひっくり返された。

水に落ちたらまず落ち着いて、座席部分の横に手を置き、ひじをまっすぐに伸ばし、手でカヌーを押しながら、腰をゆっくり抜き、最後に足を抜く。このとき膝を曲げてはいけないが、もともと遥は膝を曲げられないので、わりとスムーズに抜くことができた。

ただ、本当ならこのあと、座席の縁を持ち上げてカヌーを起こすのだが、そこは介助者に助けてもらうしかない。

まず体を座席から抜いて、カヌーに摑《つか》まって浮くこと。練習を繰り返し、体に覚えさせる。

沈する訓練を終え、旧中川に戻ると、宮本はカヌーを並べ、さらにいろいろ教えてくれた。

「俺はほんとはツーリングカヌーのほうが好きなんだがな。流れのゆるいユーコン川を釣りしながら何日もかけて下ったりすると面白いぞ」

宮本は高校教師時代、長い夏休みを利用して、カヌーで世界のいろんな川を下ったと言う。意外に英語もうまい。

「カヌーが発達しているのは欧米のほうだな。スロバキアなんかじゃ通学にカヌーを使ってるらしい」

「へえ。日本でいうと、雪国の小学生がスキーで通学するようなもんですね」

「そうだ。カヌーが生活に密着してる。江東区のまわりでもカヌーがはやったら面白いんだがな。足の不自由な人だって楽しめるから、日本中、いや世界中の車いすの人が旧中川に遊びに来てくれるかもしれん」

宮本は本気で言っているようだった。

「だったらまず駅にしっかりエレベータをつけてもらわないとね」

「そう。それなんだよ」

宮本が勢い込んで言う。

「バリアフリーは体が不自由な人のためだけにあるわけじゃないんだ。高齢者や子供連れの人なんかにもすごく役に立つ。ベビーカーだって階段を上れないからな。そこのところをもっと知ってもらわないと」

「なるほど。確かにそうですね」

「だからバリアフリーを充実させると言うことは、体の不自由な人だけでなく、様々な人にも優しい街づくりをするということだ。特に日本は高齢化社会が進んでいるから、役に立つと思う。バリアフリーで幸福度の高い国にすることができると思うんだよな」

「幸福度ですか。フィンランドみたいに？」

意外だった。言っては悪いが、宮本のことは脳まで筋肉でできているような体育教師だと思っていた。もちろん優しさは感じていたが、ここまで社会のことを考えていたとは驚きである。

「不思議そうな顔すんなよ。高校やめてブリッジスクールに勤めたのは、そういうことに力を貸したいと思ったからなんだ。ヨーロッパの川じゃ身障者も健常者も一緒になってカヌーで遊んだり、旅をしたりしている。そういうの見て、びっくりしてな」

「へえ」

興味深い話だった。考えてみれば、自分も陸上バカだった。ゆっくりまわりを見ろと宮本が言ったのはそういうこともあったのかもしれない。

カヌーを終えると、岸に戻って子供たちと遊んだ。達也や里奈のほかにも個性的な子が多かった。引っ込み思案だったり、カヌーに乗らないでずっと地面の蟻を見つめていたり。絵ばかり描いている子もいる。

でも宮本は何も強制しなかった。できるだけ自然と触れ合わせ、好きなことをやらせている。

勉強は川の近くにある建屋の中で行われていた。わからないところを飛ばさないで、わかるところを何度もやって、理解が進むのを待つ。遥も時には子供たちの勉強を見てやった。

そんなある日、嫌なものを見てしまった。

河原でカヌーを片づけ、帰ろうとしたスクールの子供たちを、身なりのよい小学生たちのグループが囲んでいた。

「うっわー、汚ない服着てるな」

「貧乏人はいつも同じ服だからな」

「スマホも古いな。中古だろ?」

「画面割れたままじゃん」

「だっさ〜!」

よい身なりの子供たちは、にやにやしていた。

スクールの子供たちは縮こまっている。

達也だけが目を光らせ、相手をにらんでいた。

「あんたたち、何やってんの！」

遥が割り込んでいった。

「おい、行くぞ」

見た目だけは上品な子供たちが走り去って行った。

「なんなのあいつら……」

「新しくできたマンションに住んでるやつらだよ。いつも威張ってるんだ」

達也が言った。

「なんで言い返さないの？」

「だってさ。あいつらの言うことはもっともなんだもん」

「えっ？」

「最初から決まってるんだ。あいつらはいい先生のいる塾に通って、いい学校に入って、いい会社に行くんだ。結婚もできるし、子供も育てられる」

「はあ？　なに言ってんのよ。そんなのわからないでしょ」

小学生がそんな先のことまで考えているのか。

「あいつらが言ってたんだよ……。貧乏な人間はお金だけじゃなくてチャンスも時間もないって。才能があっても伸ばせないから、ずっと勝てない。お前たちはよくてマイルドヤンキーだって」

「そんなこと言うの？　信じられない」

遥はむしょうに腹が立った。ねじれすぎている。

「でも事実なんだよ」

達也がつぶやいた。

「先生は無理に学校に行かなくてもいいって。いじめられたら嫌だし」

里奈も言う。

「そんなことない。学校に来なくていいのはむしろそいつらのほうでしょ」

「えっ？」

里奈が遥を見た。

「だって、学校って義務教育じゃない。普通に通っていいのに、変な奴らのせいで行けなくなるなんて逆だと思う。そんなのもったいない。普通なのに引け目を感じなきゃなんないなんておかしいわ。そいつらが学校に来なくていいよ」

「でも来るんだもん」

「そうねぇ。だったら強くなるしかないかな」

「それが無理だっていうんだよ。遥はいいお母さんがいるからわからないんだよ」

達也が言った。

「そんな……」

思わぬことだった。今まで遥は母子家庭だからむしろハンデがあると思っていた。しかし達也から見ればそれでもうらやましいという。

「おい、どうした!? なんかあったのか」

宮本が声をかけてくる。

達也はプイと横を向いて、帰っていった。

十二

梅雨の季節になったが、あまり雨は降らず、遥もよく川に来た。宮本がいないときは子供たちやブリッジスクールの職員もカヌーに付き添ってくれる。

カヌーを漕ぎだすと、さほど力を入れずとも進む。

何かコツをつかんだのかもしれない。

ようやくカヌー向きの筋肉ができてきたというのもある。

軽い筋肉の疲労を覚え、遥は帰って来た。

時計を見ると、およそ二時間ほど乗っていたらしい。

スカイツリーにもすぐ着いてしまうし、このごろ川が狭く感じられる。

「おい、すごいタイムだぞ！」

岸につくと、すごい勢いで宮本が走ってきた。

顔中に汗を浮かべた宮本の剣幕に思わず引いてしまう。

「またですか。タイムタイムって……」

「やっぱりお前は運動神経の塊だな……。こんなに早く一分切っちまうなんて。そりゃそうだよな、オリンピックの強化選手に選ばれるくらいなんだからな」

遥の言葉を無視して、宮本はひとり言のようにつぶやいた。

「もう。なんなんですか」

「今まで黙ってて悪かった。お前を驚かそうと思ってな」

「えっ？」

「遥。パラリンピックに出てみないか」

「えっ？」

「お前ならやれる！　今から本気で練習すれば、世界のトップレベルに迫れるぞ！

カヌーはパラリンピックの正式種目なんだ！」

宮本が満面の笑みで言った。

「バッカじゃない」

低い声で言った。

「えっ？」

宮本がポカンと口を開けた。

「バカじゃないかって言ってるの」

声が震えた。

忘れようとしてたのに。

ようやく少しだけ薄れてきたのに。

「どうした、遥……」

「冗談じゃない！」

抑えていた思いが堰を切って飛び出す。

「私は空を飛びたかったの。走り高跳びが好きだったのよ。ずっとやってきた走り高跳びでオリンピックに出たかったの！」

毎日の走り込み。そしてグラウンドの匂い。見上げる空。助走に入る前の集中。自分のすべてを込めた一瞬のジャンプ。長い滞空時間のあと、マットに包み込まれる感覚。すべてが輝くような時間だった。

高跳びがすべてだった。

「あ……」

宮本がしまったというような顔をした。

「なのに……。なのに高跳びがダメだからカヌーだなんて……。オリンピックが駄目だからパラリンピック!? ふざけたこと言わないで！」

「そうか……。悪かった。忘れてくれ！　出なくていい！」

宮本は慌てて言った。

遥はカヌーを両手で思い切り打ち据えた。

「なによ、こんなのもの！」

「おい、やめろよ。壊れるだろ」

颯太が言った。

「うるさい！」

腹を立てても、足が動かなければ立ち去ることすらできない。

みじめだった。

十三

遥はひとりになると、中川大橋の上から川を見つめた。

(ぜんぜん忘れてなかった。高跳びのこと)

急に噴出した自分の怒りに驚いた。気づかないふりをしていたが、あんなに思っていた。

遥は今でも走り高跳びの選手だった。

それを取るとなんにも残らない。

(これからどうしたらいいのか)

空虚だった。心の中に燃えるものがない。

ずっとそうだったのだ。カヌーに乗っていても、どこかそれは他人事《ひとごと》だった。本質的なものを失っていた。

焦点の定まらない、かりそめの平穏だった。

ぼんやりしていると、誰かが目の前に来た。

颯太だった。

「君のこと、いろいろ聞いてるよ」

無視した。どうでもよかった。

「でも女王気取りでパラリンピックのことを馬鹿にしてるなら、その考えは改めたほうがいい」

「は？」

「俺は仕事でパラリンピックの選手たちの補助具を作ってる。出場する選手はみんなオリンピックの選手たちと同じように活躍しているし、心からスポーツを楽しんでる。俺はそれを応援することを誇りに思ってるんだ」

「別に馬鹿になんかしてないわ。説教はもういい？」

帰ろうとしたが颯太はしつこかった。

「待てって。君は宮本先生がどんな気持ちであんなこと言ったと思う」

「なにが？」

「先生はな、今の君が楽しめることはないかって。挑戦できることはないかって、必死に考えて、カヌーをすすめてくれたんだぞ」

「それが……。それがどうしたっていうの？」

「えっ？」

「私はもう跳べなくなったんだよ⁉」

「自分のことだけかよ……」

「うるさい！　もう、ほうっておいて！」

「まあ、そうやって文句だけ言って、悲劇のヒロイン気取りで座ってれば楽だろうけどさ」

「はぁ？」

「……君はまだ死んだわけじゃないだろ」

「死んだわよ！　跳べなくなったときにね。今は余生みたいなもんよ。ただ馬鹿みたいに生きてるだけなんだよ！」

颯太に背を向けると、車いすを走らせた。

「嫌なやつ！　本当に嫌なやつ！」

吐き捨てる。

＊

家に帰ると、母が心配して待っていた。

「遥！　遅かったけど大丈夫？」

「大丈夫」

「着替え、手伝うわ」

母が手を出して遥のパーカーを脱がせようとした。

「自分でできるから」

遥はパーカーを脱ぎ、ジャージのズボンを脱ごうとする。

母が遥の体を持ち上げようとした。

「やめてよ！　一生自分でやらなきゃいけないんだから」

八つ当たりだった。

「ごめんね……」

「もう、謝らないでよ」

腹立ちまぎれにリビングのドアを音を立てて閉め、自分の部屋へ向かう。

自分がどんどん嫌なやつになっていく。

部屋に戻ると、薄闇の中に一人きりだった。

ゲームでもしようとスマホを見たが、すでに充電が切れていた。

「なんなのよ……」

＊

街に出たときはもう日が暮れていた。

駅前の横断歩道をのろのろと進む。暗いので通行人はなかなか自分に気づいてくれない。ぶつかりそうになって初めて、はっとしたように道を譲ってくれる。

あの事故さえなければ。

今ごろ強化合宿でトレーニングをしていただろう。

切ない気持ちが込み上げてくる。

この足が治れば。

切に思う。

しかしそれは否定されている。将来医学が進めば、という思いもあるが、自分の体力の全盛期にそれが可能になるとは思えない。アスリートの寿命は短い。

もう考えるな。

それはもう終わったことだ。何度ループして考えれば気がすむのか。

遥はショッピングセンターに入ると、最上階のゲームコーナーへ向かった。

スマホでなじんでいるパズルゲームを見つける。

対戦型のゲームになっているが、ほとんど誰もおらず、コンピュータが相手だった。
これをやってるときだけは何も考えなくていい。
降ってくるブロックをもくもくとつなげて消していく。
店員が遥の車いすにちらりと目をやる。
そんな視線にも慣れていた。
「You are champion!」とゲーム機から言われ、
「ふん」
と、高飛車な態度をとってみる。
(裸の王様か)
自嘲した。
もう一枚、百円玉を入れた。
ふたたびブロックが落ちてくる。
すると突然、人間の対戦相手が乱入してきた。
(邪魔しないで)
わざと負けて帰ろう。
そう思ったが、自爆するまでもなく、相手から徹底的にやられた。

「そこまでやる!?」

ムッとしてゲーム画面の向こう側の相手の顔を横からのぞき込むと、そこには達也がいた。

その隣に里奈もいる。

「えっ、達也?」

「遥!?」

「お姉ちゃん!?」


ゲームをやめると、遥たちは店の端にあるベンチに並んで座った。自動販売機で水を買い、里奈と達也にはジュースをおごってやる。

「遥、ゲームうまいじゃん。びっくりした」

「まあね。走り高跳びの大会で遠征に行くときに、電車の中でやりこんでたから」

「ふうん」

「あんたこそ強いじゃない」

「俺もまあまあやってるから」

意外なゲーム友達。夜の課外授業といったところか。

「あっ……。もう七時過ぎてるよ。こんな遅い時間までいて怒られないの？」

「帰っても親いないしさ。ご飯は毎日、ここで安くなった総菜買って食べるから」

達也が言う。

「そう……。里奈ちゃんも？」

「うん。うちで一人でテレビ見てたら、ときどき怖い番組もやるし。ゾンビとか幽霊とか……」

「ま、ここにいれば時間つぶせるからな。ほら」

達也がポケットから大量の小銭をじゃらっと出して見せた。

「小遣いは少しずつくれるんだ。目に見える愛情ってやつ？」

「愛情なの？」

「さあ。これ以外にないもん」

達也が言う。

親のことを聞こうかとも思ったが、あまり聞かれたくなさそうな気もした。

「お姉ちゃん、足はまだ治らないの？」

里奈が聞く。

「……これはね、もう治らないの。ずっと」

遥は言った。

「えっ……」

「じゃあもう……、歩けないの？」

達也も足を見る。

遥はうなずいた。

「……ごめんね、お姉ちゃん」

達也も里奈も驚いた様子だった。

「いいの。はっきり聞いてくれて嬉しかったよ」

「えっ？」

「こうして車いすに乗っていると、みんな、私のこと腫れ物扱いでね」

「いじめられるの？」

「うーん。透明人間みたいっていうか？　関わりたくないって感じで」

遥は足を見つめた。

授業に出ても遠巻きに見るだけで、誰も話しかけてこない。

悲劇のヒロイン、か。

「でもね、失くしたのは足だけじゃなかった。一番大事なもの……、走り高跳びができなくなったの」

　不自由なのも嫌だったが、それが一番つらかった。

　強がってごまかしていたが、あのバーはもう跳べないのだ。永遠に。

「パラリンピックには出ないの？」

　達也が聞く。

「カヌーに乗るのは楽しいけどね。走り高跳びは特別。私そのものなの。それさえあれば他に何もいらなかった」

「そんなに走り高跳びが好きだったの？」

「好きだったよ」

　言ったとたん、涙があふれた。

　必死に上を向いてまばたきし、乾かそうとする。

「お姉ちゃん、いいもの見せてあげよっか」

　急に里奈が言った。

「いいもの？」

「ついてきて」

　里奈が立ち上がってエレベータのほうへ向かった。エレベータに乗ると、屋上のボタンを押す。

幼児向けの乗り物や屋台があるが、閉店間際だった。

「もう閉まってるんじゃない？」

「ううん、大丈夫。ときどき来てるから」

ドアがあくと、夜空が広がっていた。

「きれいね」

「これから、これから」

そう言うと里奈は鞄からカメラと小さな三脚を取り出した。

「今から星を見せてあげる」

「星？」

遥は見上げたが、星など見えない。都会は空気が悪いし、見えるのはせいぜい月だけだろう。もっともこの日は月もなかった。

「月もないけど」

「そのほうがいいの。星が際立つし」

里奈が小さな三脚にカメラを固定する。

「ふうん……」

流星群の流れ星か何かだろうか。

達也は慣れているのか、スマホで何かの動画を見ている。

「ほら、見えた」

「えっ？」

何も見えない。

「違う違う。ここ」

里奈はカメラの液晶ファインダーを見せた。

「あっ……」

目では見えなかったが、液晶の中で星が瞬いていた。

「見えるでしょ。このカメラ、センサーが高感度だから」

さらに里奈はＩＳＯがどうとかカメラの専門用語を言っていたが、さっぱりわからない。

「シャッタースピードを落とせば……、ほら、でき上がり」

シャッターを切って、里奈は満足そうに言った。

スマホに転送して、大きく拡大してくれる。

「きれいね」

「時間をかけて光を集めたの。こうすれば都会でも星を見られるんだよ」

「見えなくても星はいつでもあるのね」

遥は夜空を見上げた。

「お姉ちゃん。つらいときは人に頼るといいんだよ」

里奈が言った。

「宮本先生が言ってた。人は一人で生きてるんじゃないって。誰かによりかかってもいいんだって」

「私にできるかな……」

ずっと強気に生きてきた。誰にも弱い姿を見せたくなかった。

「先生、『遥に何かしてやりたい』って、よく言ってたよ。それがパラリンピックだったんだね」

里奈が言う。

たしか、颯太もそんなことを言っていたっけ。

宮本は遥のために新しい道を調べてくれていたのだ。

「だめだね、お姉ちゃんは……」

「カヌーでパラリンピックに出られるならそれでもすげえと思うけど」

達也がスマホを見ながら言う。

「そうかな？」

「あーあ。俺にも何かあればなぁ……」

達也がため息をつく。

「達也は何も努力してないでしょ？」

里奈が笑った。

「才能があったら俺だってやるよ！　それにうちには借金があるんだ。どうせ俺が死ぬまで働いて返さなきゃならないんだ」

達也がぷいと横を向いた。

「そっか……」

遥は達也の横顔を見た。まだ子供なのに、たくさん抱えている。

そう思うと達也の親に対して腹が立ってきた。

「そんなの踏み倒せばいいんだよ」

遥は言った。

「はあ？　できるわけないだろ」

「達也が借りたんじゃないんでしょ。そんなの、親に任せとけばいい。しらんふりして」

「えっ……」

「どこの世界に、子供に借金背負わせる親がいるの？　もしそうなら、そんな親なんか捨てちゃえばいいんだよ」

「めちゃくちゃ言うなぁ……」

達也があきれたように言った。

「でも颯太兄ちゃんは一人きりでも、いい会社に就職できたよ」

里奈が言う。

「颯太兄ちゃんは頭がいいからさ……」

達也が口をとがらせる。

「努力しないで、最初からあきらめてばかりいると、言い訳の達人になるだけよ。今度一緒に筋トレする？」

遥が言った。

「えー、ゴリラになりたくない」

「なんですって！」

「ひえっ……」

達也が頭を抱えた。

「でも颯太さんって、そんなにすごいの？」

聞いてみた。

「当たり前じゃん。働きながら夜学に通って、メーカーの正社員になれたんだから。忙しいのに、俺たちの面倒まで見てくれてさ」

「へえ……」

「それに颯太兄ちゃんってイケメンだしね」

里奈がませたことを言った。

「でもちょっと暗いんじゃない？　なんかこじらせてるっていうか」

「颯太兄ちゃんもいろいろ複雑なんだよ」

達也が大人びた顔で言った。

十四

その夜、夢を見た。

走り高跳びのバーを前にして屈伸し、息を整える。

そして鼓動を感じたあと、走り出す。

バーが近づいてくる。

胸が躍った。

また跳べる！

そう思ったとき、急に絶望に包まれた。

（そんなわけない。これは夢だ）

しらじらしく夢は覚めた。

夢とわかる夢なんて初めてだった。

跳べないという現実が身に染みていた。もう高跳び無しで生きていくしかないのだ。

そのまままんじりともしないで朝を迎えた。

母はもう打ち合わせに出ていた。相変わらず忙しいらしい。

顔を洗い、コーンフレークとヨーグルトの朝食を食べ、歯を磨いて服を着替え、大学へ向かう。

モチベーションは下がっていたが、一度つけ始めた筋肉を落とすのはしのびなかった。

ジムに行くと、由希子が待っていた。

「おはようございます」

「今日もトレーニングね？」

やはり気持ちが乗らない。心に空いた大きな穴はどうやって埋めたらいいのだろう。

「……はい」

「今日はもう一人、一緒にトレーニングする人がいるのよ」

由希子が言った。

「えっ？」

「ほら、来たわ」

メガネをかけた女性が車いすで入ってきた。

「ども〜っ」

挨拶が妙に明るい。漫才師が舞台に出てきて最初にする挨拶みたいだ。

「どうも……」

遥も戸惑いながら頭を下げる。

「こちら、スポーツ健康学科の井上知子《いのうえともこ》さんよ。井上さんもここでトレーニングしているの」

由希子が紹介した。

「よろしくね」

「井上さん、こちらは藤堂さんよ。あなたと同い年。あ、知ってるわね」

「ええ。いつも校舎の隅から見て憧れてたわ」

知子がにっこりと笑って手を差し出してきた。

遥は握手したが、少し戸惑った。

どこかに留学していた人だろうか。フレンドリーすぎる。

さらに知子は遥の腕を見て、

「うわぁ、いい筋肉ついてる」

と、遠慮なく触ってきた。

「そう？」

ずいぶんと距離感の近い人だが、褒められるのは悪い気分ではない。

「一緒にウォーミングアップやろうよ」

「ええ」

由希子にも手伝ってもらって、二人でストレッチをした。

「私も足が不自由になったのはわりと最近なのよ。二年前、台風のとき、公園の木が倒れてきてね」

知子が言った。

「台風のときに、外に出てたの？」

びっくりして聞いた。

「台風ってなんかハイにならない？」

「うーん。どうかな。外での練習ができないし」

「さすがアスリート！　まあ、私は文化系だし、そういう衝動があるの」

遥の反応を気にせず、知子は続けた。

「でね、友達んちで盛り上がろうかって思ったわけよ。台風中継でアナウンサーが斜めに立ってるのを見たり、港に波がザブンザブンと押し寄せたりするのをね」

「ええ」

「それでレインコートを着て自転車で走り出したらドスンよ。公園のイチョウの木が倒れて来てね。あんな大きな木が倒れるなんて思わなかった。根が腐ってたのかもしれないって区役所の人は言ってたけど」

「……大変だったのね」

いろんな事故が起こるものだ。

「腹が立ったのはさ、関係者で一番議論になったのが『誰の責任か』っていうことだったの。役所って縦割りでしょ？　土木課がどうの、都市整備課がどうのって。現場検証して、みんなで木の写真ばっかりパシャパシャ撮ってさ。被害にあって傷ついてる私は横で置いてけぼりよ。そういうのってひどいと思わない？」

「うん。思う」

「でしょ？　ケガした上に二次災害よ」

知子は肩をすくめた。

「そっか。つらかったでしょうね」

「でもね、思ったの。現場検証してる人たちの顔には、『自己責任』って書いてあるって。そんな日に出て行く私が悪いってまあ。誰もいなかったら木だって倒れ放題だしね」

遥もそれについては否定できなかった。

「ついてなかったねって言う人もいたの」

「うん」

「でもついてなかったって言われても傷は癒《い》えない。むしろ、よけいにつらいっていうか？　ついてないせいで車いす生活とか罪が重すぎでしょ」

「そうね」

知子がよくしゃべるので、あいの手だけしか入れられなかった。

「それで思ったの。何か根本的な原因があるはずだって」

「うん」

「いろいろ考えてみた。で、思ったの。これは昔、お父さんの財布からお金を盗んだからだろうなって」

「ええっ？」

思わず吹き出してしまった。

「だって、あれくらいしか悪いことしてないのよね。バチがあたるとしたら……」

知子は本気で悩んでいるようだった。

「正直言って、それは関係ないと思うけど」

「ううん、神さまはきっと見てる。カンダタだって、蜘蛛を助けただけで、地獄から救われそうになったでしょ？」

「うん」

たしか芥川龍之介の小説の話だった。よいことをすれば救いはある。悪いことをすればバチが当たる。でも実際は何もしてないのに、いきなり足を奪われることもある。

「人間ってね、最後の最後は神さまに頼るしかないの」

「えっ？」

「歩けなくなったつらさなんて、友達も先生も、本当にはわかってくれないし、孤独になるし。親はおろおろするだけだし」

「そうね」

遥はうなずいた。

「だからね、神さまを持ち出してきて解決するしかなかった。不条理を受け入れるって難しいと思わない？」

「そうね……」

下半身不随はまさに不条理だった。誰にも当たれない。

「同じく足が不自由になったものとして、私はあなたの気持ちがわかる」

「えっ？」

「いろんな人にいろいろ慰められたでしょ。でも的外ればかり。ぜんぜんわかってない」

「ええ、まあ」

遥はふと颯太の顔を思い浮かべた。

「私も二年前、そう思った。『あんた、自分が歩けなくなっても同じこと言えんの』、って」

知子が唇をゆがめた。

初めて知子の苦い笑みを見た気がした。

「でもそれって親切は親切なの。有難《ありがた》迷惑なところもあるけど。無遠慮で無神経で配慮が行き届いてなくても、温かい目で見てあげたほうがいい」

「うーん……」

「あと一つ言えるのはね、人に言えない不自由さは大変だけど、同じような仲間がいればわりとマシってこと」

「そうかな?」

「だって一人はつらいでしょ。こんなについていてなかったんだから、せめてそれを分け合って楽しめないとね」

「楽しむ!?」

知子の顔を二度見した。

「そう、笑い飛ばしちゃうくらいに。笑ってたらだんだんつらくなくなってくるところもあるし」

「なるほど。イメトレみたいなもの?」

「イメトレ?」

「スポーツで自分を元気づける訓練。『私はチャンピオン!』『絶対勝つ!』みたいな」

「あはは、いいね、それ！　そうか、イメトレなんだ」

知子はスマホを取り出すと、メモしていた。

そういえばスポーツ健康学科と言ってたっけ。

車いすの人とこんなに話すのは初めてだった。

病院のリハビリセンターでは沈みこんでいて、誰とも口をきかなかった。

「とにかく私とあなたは仲間ってこと。今度はあなたのターンよ。さあ、吐き出して」

知子が、さあ来いという風に笑った。

すごく明るく見えるが、もしかしたらこの人は、この笑顔になるまでに壮絶な戦いを越えてきたのかもしれない。

「でも……」

「心もバリアフリーにね」

「えっ？」

「かっこつけてもしょうがないし。言った者勝ち」

その言葉に押されてか、遥は事故の経緯を話した。そしてそのあとカヌーに乗ってみたことも。順序だてて話してみたら、気持ちの整理がついてきた。心も少しだけ軽くなっている。

「そっか。カヌーかぁ。面白そうね」

「まあ、他にやることもないし」

「あはは、定年退職したサラリーマンみたいなこと言わないでよ」

「確かに」

遥も少し笑った。

「その宮本先生っていう人……」

「ええ、高校の時の恩師で」

「いい人ね。心が落ち着いたら、ちゃんと謝らなきゃね」

「でもデリカシーないんだもん……」

「あなたも相当エゴイストよ。わかってる？」

「うっ……」

痛いところを突かれた。たしかにそうだと思う。

「まあアストリートはそのほうがいいのかもしれないけど……」

「あの、スポーツ健康学科って何をするの？」

聞いてみた。

「ああ、私のゼミではね、高齢者でも障害者でもみんなスポーツを楽しめるような環境作りを勉強するの。健常者より、当事者の身障者が指揮するほうが、より具体的で使いやすくなるはずだから」

「なるほど……」

「一番難しいのは健常者に理解してもらうこと。体が不自由だと、コミュニケーションのルールがどう変わるか。たとえば耳が不自由な人は、呼んでも返事をしないので誤解されることも多いんだけど、会ったときに最初に耳が不自由なことを説明するとか、手順を決めておくの」

「そっか。『体を支えないといけないので、肘をついて食べます』って言うのと同じね」

「そうよ。健常者だって不自由なときがあるじゃない。風邪ひいたときとか、『今日は調子悪いんです』と宣言するでしょ。そうするとまわりは看病したり、ご飯作ってあげたり。それと変わらないのよ。みんななにかあったときは人に助けてもらわなきゃだし。みんなが知っているか、知らないか。それだけ」

「周知することが大事ってこと？」

「そうそう！　小学校とかそのくらいから、身障者と共存するのが大事。そうすると慣れる。たとえば、私は近視だからメガネを使う。足が不自由だから車いすを使う。なんか違う？」

「そっか、違わない……」

遥は感心した。そんな風に言われると、腑に落ちる。

「みんなが慣れたら、車いすでいるのが普通になるの。教育がないと、腫れ物扱いで、みんなかわいそうな目で見る。優しい顔で、敬遠されて。みんな、『障害者』っていうレッテルに負けるのよね。『障害』とか『障がい』とか『障碍』とか、漢字をいじってみたり。でもそこじゃない。考えるのはもっと奥にある気持ちなの。障害者云々の前に、あなたも私もごく普通の人間なの。まあ事故とか、ついてなかったぶん、困ったときに、ちょっと手助けしてほしいけど」

「たしかに」

遥は笑った。

「私もスポーツの楽しみをもっと知るためにここでトレーニングして体を鍛えてるってわけ」

知子が腕をぐっと曲げて見せた。なかなかいい筋肉がついている。

ふたりともすっかり体は温まっていた。

「じゃあそろそろ個別トレーニングを……」

「そうね。これからもよろしく」

知子がにっこり笑った。

「ええ」

カヌーを漕ぐ力を鍛えるエルゴメーターへ向かう。

「ねえ、遥」

「えっ？」

もう呼び捨てだった。

「まさか、私がもともとこんな性格だったって思ってる？」

「いえ……」

正直、ちょっと思っていた。

「引っ込み思案だったけど、足のことがきっかけで、おしゃべりの才能が花開いた気がするの。まわりの人にとってよかったかどうかわかんないけど」

知子がおかしそうに笑った。

「いいんじゃない。いろいろ聞けて勉強になったし、心強かった」

「女王さまのお役に立てて何より」

「もう女王じゃないって」

「ううん。ライオンは生まれたときからライオンよ。私にはわかるの」

知子が笑顔で、手を振り、向こうのマシーンに向かって行った。

いつしか心の中の湿った風が消えていた。

心もバリアフリー、か。

十五

ようやく梅雨が明けて、遥は旧中川へ出かけた。

岸際にはハゼ釣りをする人の姿が増えている。

宮本にどう謝ろうかと考えつつ、土手を進んでいると急に体が前につんのめった。

(しまった。排水溝だ)

車いすに乗っていると、ときどきこのようなことが起こる。

何かのトラップみたいだが、もちろん作った人には悪気はないのだろう。

すっぽりはまって、まるで動けなくなった。

何人かの人がそばを通ったが、「助けて」と、声はかけられなかった。

気恥ずかしいし、何か自分が惨めなように感じる。

知子のようになれればいいが、自分には壁があった。

このような生活になってから、むしろ、どんどん自分の周りにバリアを張り巡らせている気がする。

「何やってんの？」

いきなり声が飛んで来た。

顔を上げると颯太が目の前に立っていた。

「あっ……」

颯太だけにはピンチを見られたくなかった。

「ちょっとしたトラブルよ」

答えると、颯太が排水溝にはまった車いすの前輪に気付いた。

「あ〜」

「なによ」

「言えないんだ。手を貸してくださいって」

「……。ほっといて」

力ずくで出ようとしたが、引っかかって体が投げ出されそうになる。

「おい、無茶すんな」

颯太が慌てて支えた。

「大丈夫だから……」

「ほら、行くぞ」

颯太が車いすごと遥を持ち上げた。

ふわりと体が浮く。

高跳びでバーを越えた瞬間のことを思い出した。

「ちょっと待って」

「おい、暴れんなよ！」

颯太は車いすを脱出させるとゆっくりと地面に置いてくれた。

かっこ悪いと思う反面、助かったとも思う。

向こうから声をかけてくれることのありがたさだった。

通り過ぎた人の何人かは、こちらを気の毒そうに見た。迷ってもいた。しかし脱出を手伝ってくれるほどではなかった。

あちらはあちらで気恥ずかしいのだろうか。

知子は教育だと言った。

声をかけてくれる、心配してくれる、それを行動として示してくれるだけでもずいぶん楽になる。

でも、それを知ってほしいというのは、おこがましくないのか。

身障者に対してだけではなく、世の中には誤解に基づく偏見や差別が多くある。人々がその真相をすべて知るのは不可能にも思える。人種差別しかり、ＬＧＢＴへの差別しかり。

無意識に誤解してしまうのは罪なのか。

(今度知子に会ったら聞いてみよう。なんて言うかな)

遥は頭の片隅にメモした。

「なにニヤニヤしてるんだよ。気持ち悪い」

「えっ、私が？」

気づかなかった。知子のことを考えたからだろうか。

「あなたねぇ、私のことばっかり見てないでいいから」

「はあ？　見てねえよ」

颯太がポケットに手を入れた。

やがて水彩ベースに着いた。

あんなことがあったあとだけに、気まずいと思ったが、宮本はあっけらかんと声をかけてきた。

「おお、遥。来たか！」

いつもと同じ能天気な顔。

「先生……」

「よかった、来てくれて」

「いえ……」

「この前は悪かった」

宮本が手を合わせて謝った。

「ちょっと待ってください！」

先を越された。

素直になれ、自分。

「私こそすみません。せっかく言ってくれたのに」

「ええっ！　お前が謝るなんて……。病気か？　熱あるのか？」

宮本がおでこを触った。

「ちょっと！　赤ちゃんじゃないんですから」

遥は頬を膨らませた。

「とにかくよかった。俺もよく考えればよかったよ」

「私もエゴイストでした」

「うわっ。やっぱりおかしい」

「おかしくないです！」

救命胴衣をつけると、かんたんな準備体操をして、子供たちとカヌーで川に出た。

颯太がアウトリガーつきのカヌーでみんなの補助に回る。

宮本もいっしょにカヌーに乗って遥のカヌーに寄せてきた。

「昨日な、お前のお母さんから電話があってな。よく見ててやってくれって。なんか寂しそうだったぞ」

「そうだったんですか……」

母に冷たくしすぎてしまったのか。

「でも母に甘えたくないんです。私がしっかりしないと、母はこの先ずっと私の世話だけ考えて生きるようになってしまうかもしれないし。そんなのおかしいです。母には母の人生があるから」

誰かの重荷になりたくなかった。

「そうだな。誰だって社会に出たら一人でやっていかなくちゃならない。身障者の家族は過保護になりがちだ。どうしても情があるからな。でもそれじゃ共依存して共倒れにもなりかねない。お前の選択は正しいと思う」

「ありがとうございます」

「っていうか、いい年してまだ親のすねかじってたのか」

颯太の声が後ろから飛んできた。

「かじってない！　いちいちディスらないでよ」

「本当のことを言ったまでだ」

「なんですって!?」

かッとしてバランスを崩すと、カヌーがぐらぐらと揺れる。

「おいおい、ケンカすんな」

「だってこの人、嫌なことばっかり言って……」

「君が傲慢《ごうまん》すぎるんだろ。立ち往生しても、プライド高すぎて誰にも声かけられないし」

「しょうがないでしょ。誰かに手伝ってもらうの、苦手なのよ」

颯太をにらんだ。

「よし。じゃあ逆に手伝ってもらおうか」

宮本がにやっと笑った。

「えっ？」

「来週、本栖湖《もとすこ》でスクールのカヌー合宿があるんだ。人手が足りなくてな。お前、一緒に来てくれないか」

「私を働かせるつもりですか？」

「足はいらん。手だけ貸してくれ」

「もう！」

「ほんとにスタッフが足りないんだ。猫の手も借りたいくらいだからな」

颯太が言った。

「誰が猫よ」

「すまん。猫に悪かった」

そばで聞いていた達也が吹き出した。

「達也！」

「うわ、ゴリラが暴れそう！」

「あんたたちはほんとに……。このひねくれ兄弟！」

「まあま、せっかくの夏休みなんだから楽しめ。キャンプファイヤーも肝試しもあるぞ」

宮本が笑ってばんばんと遥の肩を叩いた。

「だから沈しますって！」

遥は必死でバランスをとった。

十六

そんなわけで、次の週には子供たちを乗せた貸し切りバスに乗っていた。

子供たちは、トランプしたり、早くも弁当を食べたりしている。

遥の隣には里奈が座っていた。

通路を挟んで反対側の席にいる颯太は、何か分厚い参考書を見て勉強しているようすだった。

「颯太さんは、会社はいいの？」

遥は聞いた。

「会社にだって夏休みがある」

颯太は本から目をそらさずに答えた。

会社の休みを子供たちの合宿の手伝いに使っているということか。

「一緒に遊びに行く彼女くらいいないの？」

颯太をまねて皮肉っぽく聞いてみた。

「お前もな」

「うっ」

見事に返された。

「俺には夢がある。お前みたいにブラブラ生きてない」

さらに言われる。

「ブラブラしてて悪かったわね。夢って何よ」

「そんなこと、かんたんに口にできるか」

「ケチ」

「暇人」

「お兄ちゃんたち、またケンカしてる」

里奈が笑った。

窓の外の河口湖《かわぐちこ》を見て、達也が叫んだ。

「あっ、湖だ！」

「先生、湖って海とどう違うの？」

達也が宮本に聞く。

「湖ってのはほとんど淡水なんだ。海と違って塩辛くない。ま、大きな水たまりみたいなもんだな」

「じゃあ池とはどう違うの？」

「遥。答えてみろ」

「ちょ……。逃げないでくださいよ」

「ねーねー、池とはどう違うの？」

「颯太兄ちゃんに聞いてみたら？」

遥が意地悪く微笑んだ。しかし颯太は即答した。

「湖は自然にできたもので、池は人が作ったものだ」

「へえ」

声には出さなかったが、遥も思わず感心してしまった。

「じゃあ沼は？」

達也がなおも聞く。

「浅いのが沼、深いのが湖だ」

「へ～」

みながいっせいに声を出した。

「颯太兄ちゃん、図書館の主《ぬし》だから」

里奈が遥に言う。

「主？」

「そう。置いてある百科事典を全部読んだって言ってた」

「ええっ！」

「すごいでしょ？」

「ま、颯太さんがいなくても、ググればわかるはずよ」

「お姉ちゃんって、ほんとに負けず嫌いだね」

里奈が笑った。

「あ、富士山！」

誰かが言って、子供たちが窓のほうに鈴なりになった。

窓の外には、青空を背景に、くっきりと富士山が見えている。子供たちの歓声が上がった。

里奈が熱心に、いつものカメラで撮る。

「それ、星も撮れるし、いいカメラね」

このスマホ全盛時代に、小さな体で、手に余るようなカメラを持っているのが、やはり珍しかった。

「これ、お父さんのカメラなの。一眼よ」

「一眼って一眼レフのこと？」

「うん。古いやつだけどね。性能はいいの」

「へえ。かっこいいね」

「これでいい写真を撮ってお父さんに見せるんだ。今日はオールドレンズつけてて、いい味が出るはずだし」

里奈が嬉しそうに言った。

「オールドレンズ？」

「フィルムカメラの時代に作られたレンズを、マウントで載せてるの。描写がおもしろくて」

「そうなの」

カメラに詳しくない遥には、ちんぷんかんぷんだったが、里奈は楽しそうだった。

「お父さん、あなたの撮る写真を見て、毎日喜んでるんじゃない？」

「うーん」

里奈の顔が少し陰った。

「そうでもない？」

「……。お父さんと会えなくなっちゃったから」

「えっ？」

「そうなの……」

そういえば宮本から、このスクールには家庭に事情がある子が集まっていると聞いた。

どう答えていいかわからない。たやすく、「また会えるよ」とも言えない。それに顔の感じからして、里奈の親のどちらかは外国人なのだろう。

「しょうがないよね？」

里奈が聞く。

「じゃあお母さんと暮らしているの？」

「うん。裁判所が決めたから」

「そう……」

「よくわからないけど、お父さんは、日本は共同親権じゃないからどうにもならない、って泣きながら言ってた。会えないけどがんばれって」

「大変だったのね」

里奈の膝に手を置いた。

「お母さんにはね、私もお父さんが嫌いなふりをしたけど、ほんとはしたくなかった。だってお父さんも好きだもん。でも会いたいって言ったらきっとお母さん、悲しむと思う」

里奈に対して、話せるのは自分のことくらいだった。

「私、幼いころに父を亡くしたの」

「えっ？」

「病気でね。それからは母と二人暮らしで」

「お姉ちゃん、かわいそう……」

「でも最初からいないのが普通だったから。お母さんは、お父さんは星になって空から見てる、って」

「そっか……」

父に対する具体的な記憶はない。

しかし遥は高く跳ぶほど、星に近づいたような気がした。

「でもね、幼稚園の父親参観が嫌だったなぁ」

そんなことを誰かにしゃべったのは初めてだった。

「みんなお父さんが来るのに、うちはお母さんなの。先生も、もうちょっと気を使ってほしかった。そのあとクラスの子にいろいろ言われてね。なんでお父さんがいないのとか、かわいそうとかね。露骨に見下してくる子もいたり」

「わかる」

里奈が真剣な表情で頷いた。

「私もそんなことお母さんに言えなかったな。私を育てるために、頑張ってたし」

「うん」

「それからはね、絶対に負けないと誓ったの。弱みを見せないって。お父さんがいないからって、馬鹿にされたくないし」

「強いね、お姉ちゃんは」

「どうかな。今は自分がすごく弱いって感じてる」

「そんなふうに見えないけど」

「強いふりしてるだけ」

遥は微笑んだ。

「ねえ、里奈ちゃん。私はもうお父さんに会えないけど、あなたのお父さんはまだ生きてるから可能性はいっぱいあるよ。どうしていいかわからなくなったら、お姉ちゃんに言って」

「いいの?」

里奈が不安そうに聞いた。

「もちろん。お姉ちゃんも手伝うから」

ふと気づいた。こんな自分にもやれることがある。

十七

バスは緑の山々を縫って走り、湖畔の駐車場に着いた。

ドアが開くなり、子供たちはうれしそうに降りて走り出した。

蟬の声がそこらじゅうで響いている。しかし都心よりも空気はひんやりとしていた。

澄んだ湖にはいくつものカヌーが浮かんでいた。

子供たちはすぐ湖の岸辺まで行った。

「すげえ」

「透き通ってる!」

子供たちは水を掛け合った。

岸辺にはさまざまなレンタルカヌーが並べられている。

「こらっ！　まずはロッジに行くぞ」

遥を抱きかかえてバスから降ろしたあと、宮本が大声で言った。

子供たちは残念そうに、え～っと言いつつも、素直に道に戻ってきた。

各自の部屋に荷物を置き、水着に着替えると、子供たちは飛び出していった。水遊びもカヌーもできる。

湖は広く、旧中川とはまた違った開放感があった。

空の一角には富士山がどんと構えている。

遥はロッジの台所でジャガイモの皮をむくのに熱中していた。

大学一年の合宿のときに料理を担当して気づいたのだが、これは隠れた才能かもしれないと思う。高跳びで調子が出ないときなどには、こっそりジャガイモをむく。そうすると精神が落ち着いていく気がするのだ。

パズルゲームもそうだが、小さな積み重ねが好きだった。

遠くから聞こえる子供たちの声を感じながら、もくもくとジャガイモをむく。

「やってるな」

颯太が台所にやってきた。

「まだできてないよ」

遥が顔を上げずに答える。

颯太がジャガイモの皮を持ち上げる。

「何してるの？」

「へえ。案外、几帳面なんだな」

皮の薄さに驚いたはずだ。

「当たり前でしょ」

「俺も手伝うよ」

「えっ？」

颯太がジャガイモをとって、むき始めた。

こんなデリカシーのない男に任せたら、きっとボロボロになる。

「颯太さんはピーラーでむいたらどう？」

「いや、ナイフでいい」

颯太がくるくるとジャガイモを回すと、らせん状に皮が垂れ下がった。信じられないくらいに薄い。

「なにそれ？　板前の修業でもしたの？」

「俺は一ミリの千分の一の単位で金属加工してるからな。こんなの朝飯前だ」

颯太がにやっと笑った。

遥もムキになって薄くむき始めた。

向こうが透けて見えるほど薄い。

それを見せて、ふふと笑った。

「芽が残ってるぞ」

颯太が言う。

「残ってない！」

お互い黙り込んで一心不乱にむいた。

三時を過ぎると、宮本がやってきた。

「おお、すまんな。できてるか」

「今、仕込んでます」

「まだルー入れてないのか……って、なんだこりゃ！」

「えっ」

いつの間にか机の上には、皮をむかれたジャガイモがうず高く積まれていた。

「明日の分までむくやつがあるか！」

「あっ……」

颯太も慌てている。

「じゃあ私は玉ねぎをやるから」

遥は玉ねぎを細かくみじん切りにし始めた。

「待てよ」

颯太も対抗する。

「いいかげんにしろ！」

宮本が怒鳴った。

「……すみません」

頭を下げる。こうなると、まるで高校のときに戻ったようだった。知らず知らずのうちに、子供たちに引きずられ、自分も遠足気分になっていたらしい。

夜になるとキャンプファイヤーをやりながら、みんなで輪になってカレーを食べた。

「おいしい！」

「やったぁ。玉ねぎ入ってない！」

子供たちの声がはじける。

遥はほくそ笑んだ。入ってるのが感じられないくらいに細かく切った。颯太の手伝いもあったのが少々気に入らなかったが。

自分のぶんも食べながらキャンプファイヤーを見ていると、炎はいろんな風に形を変えていく。

そこには大学の陸上部の仲間たちの顔も見えた。

後輩の忍や、自分にとって代わったみちる。部長の香織。清水コーチ。

でも、はたして本当に仲間と言えたのか。

彼らが伸ばしてくれた手を無表情に断ち切っていなかったか。

みちるの調子が上がらないので、助けてやってほしいと香織は言った。

今ならわかる。何気なく手を伸ばし、助けてくれる手のありがたさを。

食器の片づけを終え、ロッジに戻ると、ちょうど宮本がテラスに出てきたところだった。

「おお遥、ご苦労さん。コーヒー飲むか？」

「はい。いただきます」

「疲れただろう」

「いえ。逆に元気をもらったみたいで」

「ほう」

「子供たちのエネルギーってすごいですね」

里奈や達也のことを思う。

暗い場所にいても、どんどん明日へと向かおうとする。

きっと、清らかで素晴らしい未来の何かを信じている。

宮本がコーヒーを持って出てきた。

「遥。お前のおかげでもあるんだ。あいつら喜んでるよ」

「いえ、私は……」

「そばにいるだけでいいんだ。お前はあいつらを否定しないだろ」

「とくに否定するところもないですし」

「そういうところでは、お前の天然さは貴重だな。学校に行ってないとか、外国人だとか、うわべで判断する人間も多いんだ」

「そうなんですか」

よくわからなかったが、里奈も達也も、遥に対して何も悪いことを言わなかった。

それに比べ、高跳びの女王のころにはずいぶんと陰口を叩かれたし、マスコミにあることないこと書かれたこともある。

今となってはもう過去の話だが。

「でも先生、意外に料理がお上手なんですね」

遥たちが皮をむいた大量の材料をうまくカレーに溶け込ませたのは宮本だった。

「ああ。俺の親父はコックでな。昔いろいろ教わったんだ。ほら」

宮本はスマホを取り出して、父親の写真を見せた。

古い白黒の写真で、スキャンしてデジタル保存したものだという。

宮本の父はコックの帽子をかぶっていた。

「うっそ……。似てる！」

「そりゃそうだ」

「でもお父さまのほうが気品があるかな」

「抜かせ」

宮本が苦笑いした。

「あ、そうだ。あれを見せてやろう。ちょっと待ってろ」

そう言って宮本は立ち上がった。

「なんですか？」

「いいからいいから」

宮本が部屋から戻ってきて、色紙を遥に見せた。

それは色あせた何かの寄せ書きだった。

「これはな、一九六四年の東京パラリンピックで、親父が選手村のコックをやってたときにもらったものなんだ」

「えっ。パラリンピックって、そのころもあったんですか？」

まるで知らなかった。

「まあ当時は、身障者に対する社会の理解はまだ乏《とぼ》しくてな。福祉目的で競技もひっそりと行われたんだ」

「そうだったんですか」

「まあ国のお仕着せと言うか、最初は出るのを嫌がった人もいたらしいけどな。でも親父は『オリンピックの選手にも負けないような飯食わしてやる』って、腕をふるったんだ」

「いいお父さまだったんですね」

「まあな。それで国の代表になった選手たちは、不安ながらもグラウンドに出た。そしたらな、海外のパラリンピックの選手たちはずいぶんと楽しそうだったっていうんだ。選手の中には、自分が日陰者だと思っていた者もいた。でも違ったんだ。日は当たってるのに、自分で日陰者だと思い込んでたんだ。そう思い込ませた社会もよくないが、彼らがパラリンピックに出たおかげで、世間の認知度はずいぶん上がった。体が不自由でも笑顔で運動もできる、楽しめるってな。だから彼らがパラリンピックに出た意義は十分にあったんだ。親父も役に立ててよかったと嬉しそうだったよ。こいつはそのときの選手たちからもらった寄せ書きだ」

色紙には選手たちのあまたの感謝の言葉が並んでいた。

『ありがとう。大変お世話になりました』

『毎日元気が出ました。グラウンドに立つ勇気がでました』

『宮本さんの料理を食べたら、たくさん力を出せました』

『こんなに優しくしてもらったのは子供のころ以来です。おいしかった』

「親父は言ってたよ。パラリンピックは、いかに力を尽くしたかを見る競技だってな。日本人だって戦争に負けても、残った力で頑張って、立ち直ったってな」

宮本はさらに、一九六四年の東京パラリンピックの選手たちと父親が並んで写っている白黒写真を見せた。

「いい笑顔ですね」

みんな目がキラキラしている。

「確かにこの人たちは強いヒーローじゃない。でも持てる力を尽くしたヒーローなんだ。それってちょっとかっこよくないか」

ふと目が潤んだ。必死にこらえる。

涙は誰にも見せたくない。

でもみんな私と同じような不自由な体で戦った人々だった。

私にはまだ力が残っているのか。

「どうした、そんな顔して。もう腹減ったのか?」

「違います!」

遥が顔をふせて涙を拭いたとき、廊下のほうからドタドタと足音が聞こえた。

「なに!?」

「あいつらまだ騒いでやがるのか」

宮本が苦笑する。

遥がのぞいてみると、子供たちがパジャマ姿で走りまわっていた。

子供たちがエネルギーを持て余している。

「こらっ!」

「あっ……」

「遥だ！」

「あれほど寝なさいって言ったのに。みんな正座しなさい！」

「えーっ！」

十八

コーヒーを飲みほして車いすで散歩に出た。

虫の声は昼に負けないほど大きい。

暖かい風が吹いている。

颯太がキャンプファイヤーの残り火に水をかけていた。

（ケンカばかりだから、たまには謝ってみようか）

スポーツ健康学科の知子や宮本の話を聞いたからか、珍しく素直になっていた。

「あの……」

「なんだよ」

「ごめんね」

「えっ……」

颯太が、困ったような顔をした。

「あはは、変な顔！」

「なんだよ、お前は」

「あのさ……。ちゃんと謝りたいと思って」

「え？」

「……カヌーのこと」

「ああ」

颯太がバケツを置いて近くの岩に座った。キャンプファイヤーの火は消えて月の光だけが青く颯太の顔を照らしていた。

「私ね、やっぱりいきなりパラリンピックに出るような元気はないの……。走り高跳びを失ったことがあまりにも大きかったし。それに、オリンピックに出られないってなったとたんに、みんな手のひら返したように冷たくなったのもあった。ショックだった」

「そういう君は、友達のことをちゃんと大事にしてたのか？」

「えっ？」

「君はスターだった。まわりの人を見下して、ちゃんと話したこともなかったんじゃないか」

「だって、弱いのはその人の努力が足りないから……」

　思わず抗弁する。

「だったら君も弱ったときに頼ったらだめだ。今のさびしい自分を受け入れるしかない」

「……それはそうだけど」

　ぐうの音も出なかった。お互いさまだった。自分は何もしないで、相手からのやさしさだけを求めるのは勝手すぎる。

　でも事実だけにそれは心に刺さった。

「……。颯太さんて友達少ないでしょ」

「なんでそんなことわかるんだよ」

　颯太が慌てた。

「憎まれ口ばっかり」

「本当のことだから」

　思わず笑った。どこまで厳しいのか。

　でもそれは遥にとってすがすがしくもあった。どんなにつらくても、真実に向き合うことがもっとも有効な回復手段だ。

そうだ。自分は一人だった。

（でも、それがどうしたの？）

そう思うと、体にふつふつと力が込み上げてくるのがわかった。

味方がいる。最後に残された味方が。

「どうしたんだよ、にやにやして。気持ち悪いな」

「ありがとう。颯太さんのおかげで、私が失くした本当に大事なものがわかった」

「なんだよ、それ……」

「内緒」

遥は微笑んだ。

高跳びをなくしたことは何よりもつらかった。

でももっと大きな、肝心なものを失くしていた。

（私は自分を見捨てようとしていた）

自分が一番、自分のことを見放していた。

（自分に謝らなきゃ）

かんたんに絶望してしまった自分を、もう一人の無意識の自分が必死に守ろうとしていた。

自分の味方は自分。

傷を負っていた自分に気づくと、久しぶりに我が家に帰ったような気持ちになった。

孤独だと思ったが、そうではなかった。

失ったのは他人ではなく、自分自身だった。

ようやく自分を取り戻して、胸がすっと晴れた気がした。

「よし」

ひとりで言って笑った。

これから取り戻してやる。

「一人で満足して。変なやつ」

「あなたに言われたくない」

遥はまた笑った。

「お～い、遥」

宮本の声がした。

「先生？」

「遥。子供たちをそろそろ寝かしてやったらどうだ」

「あっ！」

すっかり忘れていた。

ロッジでは達也たちがまだ正座していた。

「怖いね、お姉ちゃん……」

里奈が言う。

「こういうの、放置プレイって言うんだ。父さんが言ってた」

達也が肩を落として言った。

十九

翌日もよく晴れた。青空を背にして富士山がくっきりと大きく構えている。

子供たちは朝食をとるとすぐ飛び出していった。

スクールのスタッフたちとともに片付けを手伝う。

「遥、お前も久しぶりに乗ってみたらどうだ」

「でも……」

あんなに宮本の申し出を拒絶してしまったあとでは申し訳ない。

「みんな待ってるぞ」

宮本が湖を見た。

見ると、ずらりと子供たちのカヌーが舳先《へさき》を並べている。

笑顔だった。

「みんな……」

このとき急に車いすが後ろから押された。

「えっ？」

「早く行けよ」

颯太が押していた。

「面倒なことはいいだろ。夏休みを楽しめ」

宮本も言う。

「はい。じゃあちょっとだけ……」

子供たちの歓声が上がった。

颯太の手を借りてカヌーに乗ると、遥は漕ぎ出した。風は凪《な》いでおり、水面が鏡のようになって、富士山が丸ごと映っている。

水面の富士を登っていくように遥はカヌーを漕いだ。

「遥！」

「お姉ちゃん！」

「一緒に遊ぼうよ」

子供たちがまわりに集まってくる。

「よーし、あの岸まで競争！」

「えーっ」

言ったが早いか、遥は漕ぎ出した。

子供たちが歓声を上げて追ってくる。

遥は全力で漕いだ。

上腕の筋肉が喜んでいる。

空を見上げた。とんびだろうか。空高く、大きな鳥が飛んでいる。

大好きな空。

一番最初に追いついて来たのは達也だった。

「速すぎるよ！　ちょっとは手加減してよ。勝てるわけないだろ」

「手加減されて嬉しいの？」

「それは……」

「私は誰が相手でも手は抜かない」

遥はまた漕ぎだした。

達也を置き去りにする。

「鬼だ……」

達也がつぶやいた。

遥は向こう岸の手前でカヌーをターンさせると、湖の真ん中まで戻ってきた。みんなが集まってくる。

里奈も真っ赤な顔をしてやってきた。

「お姉ちゃん！」

「がんばったね」

「うん！」

「一緒に散歩しよっか」

遥はゆっくりと漕ぎ出した。

里奈もついてくる。

「お姉ちゃん」

「ん？」

「大人になったらいいことがあるかな」

　里奈が遥を見ていた。

　真剣なまなざしだった。

「……うん。あるよ」

「ほんとに？」

「ある。好きなことを力いっぱいやってたら」

「好きなこと？」

「そう。邪魔してくる人なんてほうっておけばいいの。自分勝手な理屈を振りかざして、批判ばっかりする人もいるしね。でもそんな人たちはまるで努力してないから。本気でやってたら、人を馬鹿にしてる暇なんてないから」

「そっか……」

「自分のやりたいことをやればいい。うまくなって、みんなが感心するくらいにね。そうすれば栄えある自分になれる。自分のことをとても好きになれる」

「私もお姉ちゃんみたいになれるかな？」

「うーん、そこまではあまりおすすめしないけど」

　遥は笑った。

岸際まで行くと、二メートルほどの水底まで太陽の光が差し込んでおり、湖底には小さな美しい魚が群れていた。

魚を脅かさないように、滑《なめ》らかにパドルを入れて漕ぐと、遥のカヌーは水面を滑るように進む。

「お姉ちゃん、空を飛んでるみたい……」

里奈が言った。

「えっ？」

透明度の高い湖水は、まるで水がないように見えて、カヌーの影だけが湖底にうつっている。水の深さぶんだけ、遥のカヌーは飛んでいるように見えた。

「すごくきれい！」

声を上げた里奈が夢中で写真を撮る。

（私、空を飛んでる？）

頭上には同じ空があった。

高跳びのときと同じ――。

二十

遥が湖畔のロッジのテラスに戻ると、宮本が重いため息をついていた。テーブルの上にはスクールの帳簿が置かれている。

「厳しいなぁ」

宮本が自分で自分の肩を叩いていた。

「先生」

「おお、遥か。どうだった、久しぶりのカヌーは」

「よかったよ」

「そうか。俺はあと何回ここに来られるか……。もう年だからなぁ」

宮本が湖を見て、寂しそうに目を細めた。

「先生、私ね」

「ん、どうした。もう腹が減ったのか？」

「私、もう一回飛んでみる。水の上で」

「えっ？」

「私、パラリンピックに出て金メダルを取るよ」

「……。なんだって？」

宮本が遥を見て、まばたきをした。

遥は微笑んだ。

私はまだ飛べる。

あの空にもう一度、会いに行く。

「いいのか……。っていうか、金メダルって……」

「好きなことを見つけたら、やり続けるんです。力の限り」

「遥……」

宮本の目が潤んだ。

「それに私、ここの子供たちには、ずいぶん助けられました。だから私も助けたいんです」

「えっ？」

「根性です。根性を知らないんです、あの子たち。戦う前から負けを認めちゃって。お金がないと勝てないとか、才能がないから無理だとか。だから私が金メダルを取って根性の出し方を教えます。できないことなんてないんだって」

「遥。やれるのか」

「はい。やるからには絶対に一番です！」

言った瞬間、宮本の顔から血の気が引いた。だがすぐに赤くなって、イスを後ろに吹っ飛ばして立ち上がった。

「だったら何をグズグズしてる！　練習だ！」

鬼教師が帰ってきていた。

「はい！」

遥が力強く答えた。

「ははっ」

颯太がおかしそうに笑った。

「なによ」

颯太は笑い続けた。初めて笑顔を見た気がした。

「賛成だ。君みたいな体力馬鹿にできることなんて、それくらいだしな」

「あなたにも手伝ってもらうからね。変なカヌー作ったら承知しないから！」

「誰に言ってる？」

颯太も立ち上がった。

遥の体の奥で、戦いのドラムが鳴り始めた。

再びすべてをかけて飛ぶときが来たのだ。

二十一

帰りのバスは遥の話題で持ちきりだった。

「遥がパラリンピックに出るの!?」

「やった！」

まず達也と里奈が大喜びした。

「あんたたち、ちゃんと応援に来るのよ」

「行くよ！」

「ぜーったいに行く！」

「いい？　つまんないやつになんか言われたら、思い出すのよ。あんたたちは金メダリストの友達だって。格が違うんだって」

「金メダルって……。ほんとにそんなことができるならいいけどさ」

達也が言う。

「できるかどうかじゃない。やるの」

「遥は友達が少ないからな。行ってやれ」

颯太が言った。

「颯太さんに言われたくないよ」

「そりゃそうか」

颯太が笑った。楽しそうだった。

「みんな、私についてきて！」

「はーい！」

里奈が元気よく返事をする。

「なんか仲間っていうより手下みたいだ……」

達也が小声で言った。


合宿から帰ると、遥はさっそく大学に行った。やることは山ほどある。

ジムに行くと、みちるがいた。

陸上部の面々も顔をそろえている。

雨が降ってきたので筋トレしているのだろう。

忍と目が合ったが、目をそらされた。

（ごめんね、忍）

罪悪感を持ってずいぶんと気を使っただろう。

「ウェイト増やして」

みちるが言って、後輩の一人が指示に従った。

そのようすは自信に満ちている。

部員の何人かは遥のほうを見て、ひそひそと話をした。

事故のすぐあとは、こういうことがつらかった。

でも今はなんともない。

人目を気にするのは、なまけ者の証拠だ。

遥はエルゴメーターに取りついた。

筋量のアップ。そして心拍数の把握。食事のコントロール。

すべて一人で計画を立てていく。

朝のメニューの半分が過ぎたところで、トレーナーの小西由希子が入ってきた。

「やってるわね」

「はい」

由希子が何気なく回数カウンターを見た。

「八百回!?　無茶しないで！」

「まだやれます」

遥は答えた。

「疲労の限界に来てない？」

「このワークなら、たぶん無限にできそうです」

「あなたって人は……。八百回なんて、トップレベルの選手がやるトレーニングよ」

由希子が苦笑いした。

「そのトップになろうと思って」

「えっ？」

「私、パラリンピックで金メダルを取ることにしました」

バーを引きながら言った。

「ええっ！」

由希子の目が丸くなった。

そのとき、知子もジムにやってきた。

「おはよう、遥」

「おはよう」

上腕の筋肉の動きを確かめながら挨拶をかわす。皮膚が汗で光っていた。

知子はSNSでもおしゃべりなので、合宿中も毎日メッセージを送ってきていた。今では隣に住んでる人くらいに知子の情報に詳しい。

「井上さん！　藤堂さんパラリンピックに出るんですって」

「うそっ。素敵じゃないですか」

メガネの奥の瞳がキラキラした。

「まだ力が余ってるみたいで」

遥が笑った。

「カヌーで出るの？」

「うん。……そうだ、小西さん」

「なに？」

「カヌーのコーチっていませんか？」

「コーチかぁ……」

由希子が考え込んだ。

「パラリンピックではよくあるんだけど、競技人口が少ないから、なかなか専門のコーチがいないのよ。オリンピックのカヌーのコーチならいるんだけどね。あと、ヨーロッパの国みたいに、生活にカヌーが密着していれば、パラのコーチもいるんだけど」

「そうなんですか」

「むしろ、装具を作るメーカーの人とのコンビネーションが大事かも。体にぴったりの装具を作るって難しいから」

「装具ならなんとか……」

颯太の顔が浮かんだ。

「あ、私、心当たりある！」

知子が言った。

「誰かコーチを知ってるの？」

「コーチじゃないけど、パラカヌーの選手よ。会ってみる？」

「ほんとに？　助かる！」

自分の声が弾んでいるのがわかった。

二十二

「遥！　連れて来たよ、助っ人」

車いすに乗って、知子は水彩ベースまで来てくれた。

その横にもう一人、同じく車いすの女性がいた。三十代くらいだろうか。小回りの利きそうな動きのいい車いすに乗っている。

「どうも……。藤堂遥です」

「よろしく。朝比奈麗香《あさひなれいか》と言います」

服のセンスがよく、メイクもうまくて美しい人だった。

車いすに乗っていなければ、モデルと見間違えそうである。

どこかで見たことがあったような気がした。

「麗香さんはね、パラカヌーのKL2（胴体と腕を使って漕ぐクラス）の日本チャンピオンなの。つまり女王ね」

「えっ、女王？」

「やめて、井上さん。いきなりその紹介はないでしょ」

「いいんですよ。遥も元々は女王なんですから」

知子がにっこりした。

「そうでしたね。聞きました、事故のことは。メダル候補だったのに、大変だったでしょう……」

「いえ……。お気遣いありがとうございます」

あのことは少しずつ過去になりはじめている。

「でも今度はパラリンピックで金メダル取るって言ってるんですよ。すごいメンタルでしょ？」

「そうね。なかなか切り替えられないと思う。私は生まれつき片足の膝から先がなかったから、失うショックというのはあまりなかったけども」

「そうなんですか」

先天性の疾患ということだろうか。

大変なのは自分だけではない。

「じゃあさっそく始めましょう」

麗香は明るく言った。

「遥さん。パラカヌーで一番大事なのはバランスよ。競技用のカヌーに乗ってみて」

「は、はい」

遥はさっそく船着き場へ向かった。

宮本は今日、組織委員会のほうに行っていて留守だった。

スクールの子供たちは、いったいなにが始まるのかと、みんなついてきた。

そこに颯太もやってきた。

「おい、達也。あの人、誰だ？」

「なんか遥のコーチだって」

「あれ、朝比奈さんじゃないか」

颯太が緊張した面持ちでやってきた。

「あの、もしかして朝比奈さんですか？」

「ええ。あなたは？」

「スクールを手伝っている加賀颯太と言います。カワノスポーツで装具も作っていて……」

「ああ、知ってる。この前、冬季パラリンピックで長野さんのスキーの装具を作ってたよね？」

「ご存知だったんですか？」

「彼、友達だから。喜んでたわよ。あなたのおかげでメダル取れたって」

「いや……」

颯太が照れて真っ赤になっていた。

「なによ、颯太さん。そんなかわいい顔して」

遥が言った。

「馬鹿！　リオのパラカヌーで、メダルを取った朝比奈麗香さんだぞ!?　失礼なことしてないだろうな」

「してない！　っていうか、練習の邪魔してるのはあんたのほうでしょ」

「朝比奈さんがコーチしてくれるって……。ほんとなんですか？」

遥を無視して颯太が言った。

「ええ。後輩の指導もアスリートの役目だから」

「こいつ、口も態度も悪いですが、よろしくお願いします」

「どっちがよ！」

「ふふっ」

麗香が笑った。

「あなたたち仲が良いのね」

「ぜんぜん！　友達に恵まれなくて……」

「まったくです」

遥と颯太が同時に答えた。

「はいはい。練習を始めましょ。加賀くん、手伝ってくれる？」

「はい！」

颯太も岸辺に来た。

遥はカヌーに乗り、パドルを持とうとした。

「待って。パドルはいらない」

「えっ？」

「言ったでしょ。パラカヌーはバランスが一番大事なの。特に遥さんはＫＬ１（肩と腕だけで漕ぐ）クラスで足の踏ん張りもきかないし、腰も使えないから、体幹を保つのが大変。だからまずはゆるがない土台を作る。加賀くん、テニスボールみたいなやわらかいボールはある？　できるだけたくさん」

「スクールで使ってるやつがあります」

颯太はさっそく、カゴいっぱいのテニスボールを持って来た。

「じゃあ行くわよ。キャッチしてね」

麗香がボールを遥の横のほうに投げた。

遥は取ろうとした。しかしその瞬間、カヌーが大きく揺らぐ。

「あっ……」

ボールは川に落ちた。

慌てて颯太が手を伸ばして拾う。

「どう？　難しいでしょ」

「はい。すぐ沈しそうで」

「レース中に風が吹いたり、波が立ったりするのもよくあることなの。そんなとき体幹を重力と平行に保つのが沈しないコツよ。体幹がしっかりすれば、筋肉の力をしっかりパドルに伝えられるから」

「はい！　次ください」

「じゃあ、加賀くん。お願い」

「はい」

颯太がボールに手を伸ばし、遥の横に投げる。

しかしなかなか取れない。

「これを毎日やること。あとは装具のフィッティングの精度かな」

日暮れまで、パラカヌーの基本と練習を教えてもらった。

通常のカヌーと違って、パラカヌーは腕力がすべてであること。自分の筋肉の質に合わせてレース中のペースを作ること。風力と波の関係や、その中でのバランス取りの話など、初めて聞くことも多かった。

パラカヌーは直線二〇〇メートルのレースである。強いのは東欧勢で、選手の中には兵役に行って足を失くしてしまったが、それでもマッチョな選手もいるという。

「今日はありがとうございました」

深く頭を下げた。

実際にメダルを取った選手に会えたことで、パラリンピックの具体的なところが見えてきた。

かつて走り高跳びで、私が強かったときはどんどん人が離れて行くように感じた。練習時間を取るために、自分が避けたというのもあるが、孤独な戦いだった。

しかし今はなぜか違う。みるみる人が集まってくる。

「このあと、よかったら晩ご飯いっしょにどう？」

麗香が言った。

「いいんですか？」

「ええ」

「じゃあぜひ！　運転手つきで」

遥が答えた。颯太も誘わないと、きっとあとでひがむだろう。

「じゃ、行きましょう。お腹すいちゃった」

麗香が言って、車いすで岸のスロープを上っていく。

その後ろ姿にやはり見覚えがあった。

「あの、麗香さん」

「なに?」

土手まで行った麗香が振り返る。

「前にここでカヌーに乗ってませんでしたか? 半年くらい前に」

「ああ。いたわよ」

「やっぱり……」

最初にカヌーに乗ったとき、遥が抜けなかったのは麗香だったのだ。対抗心を刺激されたのは彼女の放つチャンピオンのオーラゆえか。

「でもどうしてここで。ホームグラウンドは茨城ですよね?」

颯太が聞く。

「この川岸にね、スポンサーになってくれてる車いすのメーカーがあるの。撮影した後にちょっとスカイツリーを見に行ったのよ」

「それで……」

「ええっ。スポンサーがついてるんですか?」

遥が聞いた。

「ええ。今は六社ほどついてるけど」

「パラリンピックの選手でもスポンサーってつくんですね」

「そうよ。ヨーロッパのパラのスター選手なんか、広告も含めて年に一億円稼いでいる人もいるわ」

「年収一億円!?」

　思わず声をあげる。

「障害者スポーツは立派なスポーツの種目なのよ。車いすバスケや車いすテニスもそう。見応え十分だし、みんな応援したくなるし。ちょっと前に日本人がウインブルドンの女子テニスで優勝したとき、日本では大騒ぎになったけど、海外のテニスファンは不思議がってたのよ。日本にはもう車いすテニスの世界チャンピオンがいるじゃないかって」

「同じアスリートとして見られてるんですね」

「だからスポンサーもつくし、むしろ障害を特技に転化して大金を稼いでる。車いすに乗ってるからって、暗くしてなきゃいけないわけじゃないでしょ?」

「日本じゃ、『つらいけど必死に頑張って生きてます』みたいな価値観がまだ残ってますもんね。なんか時代遅れっていうか……」

　後ろにいた知子が言う。

その後、颯太の車にみんなで乗りこんで、繁華街へと向かった。

フラットにされたワンボックスカーの後ろの席に、車いすが三台並んでいる。ちょっと珍しい風景だった。

「あそこでいいんじゃない？」

知子が地元の焼肉店を指さした。

「いいんじゃない」

麗香が言う。

「空いてるかどうか見てきます」

颯太がフットワークも軽く店内に入っていった。

しかし、しばらくすると冴えない顔で出てきた。

「すみません、ちょっと入れないみたいで」

「まだ時間早いの？」

知子が言う。

「それが……」

「あっ。まさか」

知子がふくれる。

「どうしたの」

遥が聞くと、

「車いすはだめだったのね」

と、麗香が言った。

「えっ……」

そんなことは初めてだった。もっとも遥はほとんど外食してこなかったからだが、露骨な拒否に驚く。

しかし知子も麗香も飄々《ひょうひょう》としており、

「次行きましょう」

と、知子が言った。

「門前仲町《もんぜんなかちょう》にいいところがあるわ」

麗香が言う。

「今の、ひどくないですか」

遥が言った。

「ごめんね。いつもなら電話で確認してから行くんだけど」

知子が言う。

「あるある。怒るだけ時間の無駄になるから」

麗香も言った。

「他人の気持ちまで自由にできませんしね」

知子が言った。

「じゃあ門仲行きましょう」

麗香が店の名前と場所を教え、颯太が車を出した。

「なんか釈然としません」

遥が抗議するように言う。

「もちろんよ。差別みたいなものだし」

知子が言う。

「自分に落ち度がないのに冷たい扱いを受けるのは、人間がもっとも傷つく行為よ。差別もしかり、いじめもしかり」

麗香が言った。

「そう思います」

「でもそれはわかる人にしかわからないの」

「えっ？」

「世の中にはね、他人の気持ちを考えられる人と、そうでない人がいる」

麗香の言葉に知子が頷いた。

「忙しかったり、自分の問題で手いっぱいだったりもするしね」

「誤解もありますし」

知子も言う。

（そこまで考えているのか）

大人だなと思う。

「でも、私もおこがましいかなと考えたことはありました。すべての人がいろんなハンデのある人の都合をいちいち全部知るのは無理だなって」

遥が言う。

「遥さんって優しいのね」

麗香が微笑んで続けた。

「私は一度、思い切りキレたことがあるの。高校のときよ。車いすの子は修学旅行に連れて行けないって言われてね」

「そんなことがあったんですか」

颯太がバックミラーをちらちらと見ながら聞く。

「そりゃ面倒もかけるかもしれないけど、友達と旅行の冊子まで作ったのに、行けないなんて。だったら最初から言ってよ、って」

「つらかったですね」

遥が言った。自分だったら学校をやめたかもしれない。

「でももっと怒ったのは母なの。うちの娘をのけ者にしてって。それでかわりに沖縄に連れて行ってくれた。生まれて初めての飛行機でね。しかもファーストクラスだった」

「なんていいお母さん……」

知子の目が潤み、メガネをはずしてハンカチを当てている。

「それで沖縄でカヌーに出会ったの。そこから始めて、トレーニングをして……。障害者のためのカヌー教室もあったから」

「そうだったんですか」

遥が麗香を見た。この人もカヌーと出会ったのだ。

「そのとき思ったの。理不尽もあるけど、コインの裏表みたいに、救いもあるって。一人じゃないって。カヌーに出会って、世界で転戦した。そうしたらいろんな視野があったわ。見方を変えれば世界は変わる。しかし知らなければ何もできないし夢も持てない」

「はい」

「あなたの言う通り、押しつけることはできないのよ。でもね、パラリンピックを見れば、きっと認識は変わる。体が不自由でも観客が驚くような活躍したり、楽しんで競技をしてる姿を見ればね。障害のある人にも、夢を見てもらえるかもしれない。自分にもできるんだって。誰もが明るく障害を克服できるわけじゃないけどね。でもチャンスは目いっぱい広げたいわ」

「そもそもオリンピックとパラリンピックを分けなくてもいいですよね」

知子が言う。

「そうなの。変に同情してほしくないし。けしてみんな同じじゃないけど、対等だから。不自由でもネガティブじゃないんだというところがわかれば、世の中はきっと変わっていく。視野が広がって価値観が変わる。みんなにとってプラス方向にね。私はそのための客寄せパンダになってもいい。それでパラカヌーがメジャーなスポーツになれば、やるほうも見るほうも楽しさがどんどん膨らんでいくって」

「さすが麗香さん！」

知子が手を叩き、続けた。

「ようはスポーツをやったり見たりして楽しみながらみんなの理解が進めばいいってことなの。押しつけたり大声で抗議したって、心には伝わらないからね」

知子が言った。

「そっか北風より太陽なんですね」

遥が言うと、麗香がうなずいた。

「でも太陽だってたまには傷つく。さっきみたいに、相手があまりに冷え切った大地ではね」

「飲みましょう、麗香さん！」知子が言った。「まずは他人の立場に立って考えられる人だけでいいの。急には変わらない。少しずつ、少しずつで」


門仲の焼肉店では車いすを快く受け入れてくれた。

四人でテーブルを囲み、乾杯する。

運転手の颯太だけはコーラだった。

コースの肉が運ばれてくる。

颯太が肉をトングでのせていった。

「わあ、おいしそう！」

知子がはしゃぐ。

「タンは塩よね」

麗香が言う。

「ご飯を最初に頼むかどうか迷いますね」

「頼んじゃいましょうよ」

知子が手を上げる。

麗香と遥も箸を持って、肉の焼けるのを待ち構えた。

「女子会みたいになってきたな」

「車いすにも乗ってないのに、えらそうなこと言わないの」

知子が笑う。

「怖いなぁ」

「私はそういうマメな男性、好きよ」

麗香が言ってビールを飲んだ。

「ありがとうございます！」

颯太が微笑む。

「それにしても」と、麗香が口を開いた。「足がないのはしかたないけど、他の人と違うということはちょっとつらかったわ。特に日本では、人と違うと浮いてしまうところがあるでしょ」

「わかります。空気読むのが当然といった風潮があるし」

「遥はまったく空気読まないからな」

「うるさいわね、颯太さんは」

麗香が笑った。

「悪気はないと思う。慣れてないというのもあるし……」

「小さいころの教育段階でいろいろ体験しておくといいんですけどね」

「そっか。知子ちゃんは大学でそういうゼミに入ってるのよね」

「ええ。遥のいるブリッジスクールなんかいいモデルですよ。子供たちが遥と触れ合うことで慣れるし。何が不自由でどうしてほしいかも自然とわかりますから」

それは宮本も言っていた。いろんな人と触れ合わせたい、と。

「助け合いが浸透している海外の国に行ったら楽だもの。困ったなと思ったら、声をかけてくれて、すぐ手伝ってくれるしね。あれは宗教も関係してると思う。隣人を愛せよ、って」

麗香が言った。

「お互いのプライバシーに干渉しないっていうのも、ちょっと寂しいとこありますよね」

知子が言った。

「それは楽だけど、孤立にもつながるわね。その点、体が不自由だと、お互いが助けを必要とわかってるから、自然と声を掛け合うでしょ。助けを求めることは恥ではないということも知っているし。コミュニケーションという点では、私たちが健常者を助けてあげられるかもしれない」

「じゃあ海外ではバリアフリーも進んでるんですか?」

遥は聞いた。

「それが不思議なの。バリアフリーは日本が一番だと思う。パラカヌーのワールドカップで海外に行っても、狭くて手すりもなくて、ろくに風呂にも入れないホテル、いっぱいあるもの」

「そもそも浴槽がないっていうのもありますけどね」

知子が言って笑った。

「その点、日本に帰ってくると天国って思う。身障者用のトイレも多いし。優しいところは絶対にあるのよ。優しさを表に出してもぜんぜんいいのにね」

「そこが文化かもしれないですね。シャイな文化。悪い方向に行くと建前だけの文化になるけど」

知子が言った。

「遥さんも、パラリンピックに出ることができたら目立ってね。世界中の体の不自由な人を勇気づけられるし、スポーツファンも喜ばせられる。いっぱいコツを教えるから。私は遥さんと障害のクラスが違うから当たらないっていうのもあるけど」

麗香がいたずらっぽく笑った。

「私、絶対に勝ちます」

「でもな。遥さんと同じ障害クラスにはミューラーがいるからなぁ」

「ミューラー?」

「パラカヌーの世界女王よ。負傷退役軍人で無敗の筋肉女王。その上かわいいから、モデルもしてるし、チャーミングだし、ファンも多い。スポンサーもたくさんついてる億のプレイヤーよ」

「すごいんですね」

「ミューラーに勝ったら世界中でセンセーションが巻き起こるわ。スポンサーも選び放題になる。がんばってね」

麗香が遥の手を握った。とても強いグリップだった。

二十三

翌日、宮本が遥と颯太を呼んだ。

パラリンピック競技大会組織委員会の事務所に行って、出場要件を聞いてきてくれたという。

しかしそれは困難に満ちたものだった。

「まずは練習場だ。実際にレースをする環境で練習したいんだが、パラカヌーができるところは日本で二か所しかないんだ」

「えっ、どこですか？」

「石川県小松市の木場潟《きばがた》競技場と香川県府中湖のカヌー競技場らしい」

「……ちょっと遠いですね」

「人間だけならいいんだが、競技用のカヌーを運ぶとなるとなぁ。あとメダルを争うならほんとは海外遠征もしたほうがいいらしいんだ。ポーランドとかハンガリーとか」

「お金、かかるんですね」

「パラ選手だと、だいたい年に八百万円ほど必要だそうだ」

「八百万……」

気の遠くなるような金額だ。

「海の森水上競技場では練習できないんですか?」

颯太が聞いた。

「今はまだ準備中らしい。セキュリティの面からも無理なんだってよ」

「パラリンピックの組織委員会から強化費は出ないんですか」

颯太がさらに聞いた。

「パラカヌーはまだ規模が小さいし、実績がないと出ないらしい」

「そうですか……」

颯太も悔しそうな様子だった。

「お金はともかく、私がパラリンピックに出るにはどうしたらいいんですか」

宮本はもらってきた資料を見ながら言った。

「それが肝心なとこだよな。遥の状態だとKL1になるらしい。障害の一番重いクラスだ。でも遥の二〇〇メートルのタイムを教えたら、驚いてたよ。ぜひ選考レースに出てくれってさ」

「レースはいつですか?」

「三月に海の森水上競技場で行われるワールドカップで二着以内に入ればパラリンピックに出場できるそうだ。もっとも、海外の本場の選手も出場するから、なかなか難しいらしいが……」

「俺、動画は手に入れてきました」

颯太がタブレットを出した。

ボタンをタップすると、液晶モニターの中でパラカヌー・ワールドカップのレースが再生された。会場はハンガリーのセゲドだ。

レースは広大な水上で行われる。ブイで区切られた八コースを選手たちが全力で漕ぐ。陸上でいうなら、短距離走のイメージだろう。

パン！　というスタート音とともに、選手たちがいっせいに飛び出す。目まぐるしく回されるパドルが羽のようにも見える。パドルと言うより、もはやプロペラと言っていいかもしれない。おそろしく回転が速かった。

中でも女王ミッシェル・ミューラーのスパートは圧巻だった。パドルが曲がるのではないかと思えるくらいの強烈なストローク。体格も大きいので、もはやパドルがしゃもじに見えるくらいだった。

「すごいな……。こんなのと戦うのか」

宮本があっけにとられた。

それは遥も同じだった。圧倒的な体力。海外選手の体の大きさ。パドルが羽子板《はごいた》のように見える。獰猛《どうもう》な獣たち、といった印象だ。

沈黙の中、颯太が口を開いた。

「これが無敗のディフェンディングチャンピオンだ。二〇〇メートルのタイムは五十二秒を切る」

「速い……」

「欧州の選手には退役軍人が多いらしい。体力も筋力も半端ないぞ」

宮本が言う。

「タイム差がだいぶある。このままじゃ入賞も危ういな」

颯太が腕を組む。遥のタイムは、今は一分を切れるかどうかというところだ。

二〇〇メートルでの八秒差はかなりきつい。パラリンピックに出るならこの中で二位にならなければならない。

「こっちも見てくれ」

颯太が、遥のカヌーに取りつけたカメラで撮った映像をタブレットで見せた。

「私のフォーム、なにかおかしい？」

「それは……」

ちっとも考えてなかった。

私はこれからどうするんだろう。

でも今はまず、パラリンピックに出ることだけに集中しようと思う。

工場が見えると、颯太が入口で待っていた。

「できたぞ」

颯太はどこか嬉しそうだった。

「何がよ」

「こっちだ」

促されるまま、中に入っていく。

「これだ」

颯太が指さすほうを見ると、白いハート形の模型があった。

「なにこれ？」

「前に水彩ベースで、石膏で型どりしただろ。君のお尻だ」

ちゃんと水着を着てたのに、それはあまりにもリアルな形だった。

「これで君にぴったりのシートができる」

颯太が尻の模型をポンポンと叩いた。

「やめて！」

「気にすんなよ」

気にするに決まっている。

遥の気も知らず、颯太は続けた。

「オリンピックはな、素質に恵まれた者が勝ちやすいんだ。短距離走なんか特にな。でもそんなの、ただのマッチョイズムだと思う。みんなうすうすわかってるだろ。人種の違いを超えるのは難しいって。一〇〇メートル走ではアフリカ系が圧倒的に強い」

「それはそうかもしれないけど……」

「でもパラリンピックは違う。装具の性能や、選手と装具の親和性が一番大事なんだ。工夫すれば誰にでもチャンスがある」

そういえば麗香さんも、パラカヌーは装具とのコンビネーションが重要だと言っていた。

工場の壁にはパラリンピックの選手が活躍する写真がずらりと並んでいる。今までこの会社が手がけた装具の数々らしい。

「パラリンピックは装具を使いこなすことや装具との相性、装具の開発力でも結果が大きく左右される。競う点が多彩なんだ。そこが複雑で面白い」

颯太が楽しそうに言った。ほんとに理系なんだなと思う。

「どう思います、先生？」

横を見ると、宮本は顔を近づけて、尻の模型をまじまじと見ていた。

「しっかし、よくできてるなぁ……」

「やめてって言ってるでしょ！」

遥は宮本の背中を叩いた。

「いてえな！　パワハラはやめろ！」

宮本が少し涙目になった。

その後、応接室で社長と挨拶した。社長は気さくな人で、颯太の努力をずいぶん褒めていた。

帰り道で宮本は言った。

「颯太はいい会社に入ったな」

「えっ？」

「学歴を気にしないで実力だけを見てる。社長も技術畑の人なんじゃないかな」

そういう会社にサポートしてもらうのは遥も少し嬉しかった。

そして、いよいよ新しいシートが旧中川に来ることになった。

模型を元に、遥専用に設計されたものである。

水彩ベースのカフェのテラスで遥と宮本は待っていた。

「新しいシート、ほんと楽しみだな」

「あんな模型、作る必要あったんでしょうか」

思い出すと、まだ恥ずかしい。

「大丈夫だ。あいつは勝つことだけを考えてる」

「でもやたら口が悪いんですけど」

「うーん。前任の先生に聞いた話だがな。あいつがこのスクールに来たのは小学四年の時だったらしい。離婚した両親が、二人とも颯太を引き取るのを拒否してな」

「えっ……」

そんなことが起こりえるのか。

「それで、あいつはじいちゃんとばあちゃんに育てられてな。年金だけで暮らしていて、大学に行く余裕なんかなかったらしい。だから夜間の高校を働きながら出て、す

かるか」

「親に必要とされなかった、愛されたことがなかったってことは、どういうことかわ
「そうだったんですか」

ぐ就職したんだよ」

「いえ……」

「生きるよりどころがないってことだ。自分に価値があるかどうかわからないんだよ」

「それであんな風に……。私だったらきっとグレてます」

「グレるほうがまだ救いがある。内にこもると、見た目にはわからないからな。颯太はいつも親のケンカの道具にされて、ほとんど誰ともしゃべらなかったそうだ。保健室か図書館ばかりに行ってな」

「ひどいですね……」

「あいつだけじゃない。ここに来てるのは、みんな自分に自信のない子たちなんだ。達也もここに来たときなんかは虫歯だらけでな。歯が痛くてしゃべることもできなかった。歯が悪いと栄養も取れないし、力も出せない」

「そんなことが……。歯って、保険はききますよね？」

「保険証自体がないんだよ。借金で首がまわらないとかなんとか」

「保険証がないから市販薬でなんとかすまそうとするんだ。でも医者がちゃんと診ないと、とんでもない間違いになることもある。死ぬことだっててな」

「そうなんですか……」

宮本が唇をひき結んだ。

「貧困ってやつだ。まったく、日本はすっかり貧しくなっちまった。今じゃ東京に住むだけでも大変なんだ。都内で家族四人が暮らすと、家賃やら教育費やらなんやらで月に五十万はかかるらしい。そんな稼ぎのある両親がどれだけいる？　生きてるだけで青息吐息だ」

「いろいろと値段上がってますからね……」

「金持ちの子供だってつらいんだ。小学生から私立中学だの、中高一貫校だの、閉じ込められて勉強させられてな。そりゃストレスもたまって誰かをいじめたくもなる。いじめられりゃ、不登校になる。俺の知り合いの息子も命を落とした。だから俺は高校教師を辞めて、ブリッジスクールに移ったんだ。救える命を手の隙間からこぼしたくなくてな」

「そうだったんですか」

逆光で陰になった夕陽に染まる宮本の横顔を見つめた。

「でもな、逃げるだけじゃだめだ。子供たちが何か夢を見られるような環境をもっと作ってやりたいんだ」

「夢？」

「そうだ。人が前に進むためには、未来の夢が必要だ。だからお前がパラリンピックに出ると言ってくれて死ぬほどうれしかったよ。お前のためにも、子供たちのためにもな」

「私に夢を背負わせるんですね」

「嫌か？」

「いえ。むしろ燃えます」

遥は微笑んだ。

「お前は本当に鉄の神経の持ち主だな……。子供たちと正反対だ」

「なんですかそれ。人を天然のバカみたいに言わないでください」

「それはそれで別にいいんだけどなぁ」

「私だってちゃんと考えてます！」

遥が言ったとき、競技用カヌーを屋根に積んだワンボックスカーが到着した。

颯太が降りてくる。

「おお、颯太！」

「できました」

颯太がカヌーをゆわえたケーブルをほどき始めた。シートが新調されている。

「颯太さん」

「ん？」

「作ってくれてありがとう」

「なんだ？　やけに素直だな」

「もともと素直だし」

「じゃあさっさと練習しろ。俺の作ったシートを使いこなせるようにな」

「するわよ。あんな恥ずかしいことさせて、半端なもの作ったら許さないからね」

「きっとびっくりするぞ」

颯太が、少年のように笑うと、カヌーを下ろし、船着き場まで運んだ。

架台に置く。

「このシート、なんでメッシュになってるの？」

遥が聞いた。

「軽量化とフィット性能の向上を狙ってそうしたんだ。風通しもいいし、褥瘡《じょくそう》ができにくいとかいろいろ利点はある。ま、乗ってみろよ」

「うん……」

遥は宮本の手を借りて、カヌーに乗った。

「うわ、ぴったり！　なにこれ？」

下半身にシートが吸いつくようだった。

「フルオーダーメイドだからな。早く漕いでみろよ」

「うん！」

遥は漕ぎだした。

シートを改造した効果は一漕ぎ目から出た。

「すごい……。ぜんぜんズレないし、ぶれないし」

船体がまるで傾かず、パドルの力がすべて推進力に変わる。

バランスの訓練は続けているが、特に何も気を使わなくても、この船体なら沈しないだろう。

体が温まると、遥はタイムアタックに入った。

宮本がストップウォッチでタイムを計測している。

颯太はカヌーに取り付けたカメラのモニターを見ていた。

全力で漕ぐ。

「タイムが上がったぞ！」

ゴール地点を越えるとすぐに、宮本の声が聞こえた。

「五十六秒〇四だ！」

「よしっ」

ミッシェル・ミューラーまであと四秒と少し。

「チェックするぞ。帰ってきてくれ！」

颯太の声が飛ぶ。

船着き場でカヌーを降りると、颯太が早速シートをチェックした。

「いいようだな。あとはシートの高さと据えつける角度か。何度か試して一番いい角度にしないとな」

「もっと縮められるの？」

「まあこっからは少しずつだけどな」

「颯太、どうしてこんなにタイムが上がったんだ？」

宮本が聞く。

「パラカヌーの二〇〇メートルのレースでのストロークはおよそ百十回です。ひとつひとつのブレをなくせば、百十回分のロスがなくなるんで」

「すごいな。さすがエンジニアだ」

宮本が嬉しそうに言った。

遥は何度もタイムアタックを繰り返した。

新しいシートにも体がなじんでくる。

「どんなに細かいことでもいいから、フィードバックをくれ。調整に必要だ」

「まずは後ろかな。シートのサポートが高いと漕ぎにくくて」

「よし、〇・五ミリ間隔で削ってみる」

「そんなことできるの？」

「任せろ」

颯太は早速、精密グラインダーを取り出した。外したシートを架台に据え付け、削り始める。

なるほど、ジャガイモがあんなに薄くむけるわけだ。細かい手さばきだった。

シートを何度か削ってみると、漕ぐときの引っかかりがなくなった。

タイム、五十五秒〇八。

完全にセッティングできたときのタイムがそれだった。

でもまだ三秒以上足りない。

「あとは私の筋量の問題ね」

選考レースまでまだ五か月ある。限界まで鍛え上げればなんとかなるかもしれない。

「お前はもうオーバーワーク寸前だろ」

宮本が言った。

「でも……」

「過剰なトレーニングはかえって筋肉を傷つける。それはよく知ってるはずだ」

「はい……」

「他にも手はある」

颯太が言った。

「なに？　どんな方法？」

「漕ぎ方だ。シートの支えを使う」

「シートの支え？」

「ああ。海外のパラカヌーの選手は筋肉がありすぎて、あまり漕ぎ方を研究していない気がする。ミューラーは別として、脂肪も絞れてないし、どこか甘く見てるんじゃないかと思う。それか、どうせミューラーに勝てないとあきらめているのか……」

「シートの支えってどうやって使うの？」

「漕ぐ力をしっかり水に伝えるためには、土台が固まっている必要がある。つまり下半身を固めていることが速さにつながるんだ。健常者のカヌーでは下半身の踏ん張りでそれをやるが、同じようにシートを支えとして下半身とカヌーを固定すればスピードは上がる。逆に下半身とカヌーにぐらつきがあると、力は逃げる」

「なるほど。さすが颯太だ。アストリートの力と装具とのコンビネーションだな」

宮本が颯太の肩をたたく。

「ええ。あと他には空力が考えられます。できるだけ空気抵抗を減らせば、カヌーは進む。漕ぐ姿勢を前傾にするとか、いろいろ方法はあると思います」

「遥は外国人選手に比べると小柄だから、抵抗は少ないかもしれないな」

「それと船体と水の抵抗を減らすのもいいかもしれません。撥水コーティングをしてみるとかですね。ちょっと前に抵抗の少ない水着ってあったでしょう？　あれも水の抵抗を減らしているんです」

「ああ、あのピチピチの水着か！」

「先生」

遥が冷たい目で宮本を見た。

すんだ」
「これからは筋肉よりもバランスの練習をもっと強化してみよう。船体のブレもなく
「い、いや。なんでもない……」

午後、遥は岸近くに浮かび、颯太と向かい合った。

橋の上を通る人々は、秋の装いに変わっている。

「ボールを捕ればいいんでしょ。いつもと同じじゃない」

「まあ見てろ」

颯太がゴムボールを投げた。

体の一メートルほど横に飛んできたボールをキャッチし、遥はバランスを戻す。

しかし颯太は軌道をさらに広げ、一メートル二十センチほどのところにボールを投げた。

取り損ねるとボールが水面に落ちる音がして、眠っていた水鳥たちが驚いて飛び立つ。

「ちゃんと捕れよ」

「遠すぎるって！」

いくら手を伸ばしても届かない。行き過ぎると転覆してしまう。

「やっぱり駄目か」

颯太は岸においてある遥の鞄をあさった。

「ちょ……。何やってるのよ！」

「お、あったあった」

颯太は遥のスマホを取り出した。

「バカ！　見ないでよ！」

「ほらよ」

颯太は無造作に遥の横に投げた。

「ちょっと！」

遥はとっさにスマホをつかんだが、カヌーが大きく傾いた。全力でバランスを戻す。

「馬鹿！　沈するじゃない。これ、防水じゃないんだよ？」

「できたじゃないか」

「えっ？」

「今の感じ、忘れんなよ」

「ふざけないでよ！」

「ふざけてない。失敗できない状況で訓練すれば力は上がる」

そう言うと颯太は、また鞄をあさった。

「待ってよ！　やめて！」

颯太は財布を取り出した。

「これでいいか」

無慈悲に財布を投げる。

「馬鹿っ！」

宙を飛んで来た財布を必死につかんだ。

頭を振ってなんとか正位置に戻る。

「覚えときなさいよ。あとでとっちめるから」

「これは練習だ。お前のためを思ってやってるんだ」

今度は遥の家の鍵を手にして、颯太がにやっと笑った。

＊

無茶なバランス練習だったが、効果はあった。

カヌーが深く傾くと、それだけパドルに体重がかかる。シートで下半身をしっかり支えつつ、腕の筋力で漕いで立ち上がる。

颯太はさらにシートにしなりを加えていく。まるでシートが筋肉のようになる。

フォームが固まってくると、遥は川を何度も往復した。

疲れてくると、バランスを崩しやすく、何度か沈した。

しかしカヌーから体を抜くことができれば、あとは助けを待てばよい。宮本か颯太が必ずそばにいる。カヌーでついてこられなくなった宮本は川の横を自転車に乗って並走してくれている。

船着き場近くの藤棚の下で遥がタオルで髪を拭いていると、里奈がやってきた。

「お姉ちゃん、足が動かないのに沈するの、怖くないの？」

不安そうに言う。

「そうね。怖いね。でも失敗を怖がって力を出し切れないで負けるほうがもっともっと怖くて悔しいから」

「……。お姉ちゃん、かっこいい！」

里奈が笑顔になる。

「『す・ご・く』かっこいい。私、女王なんだから」

遥はおどけて言った。

「誰も見たこともないところにたどり着く。それが女王よ」

「女王?」

二十四

練習に明け暮れているうちに、冬になった。二〇一九年も終わりを告げようとしている。

水彩ベースでも、カヌーは岸に置かれたままであった。さすがにこの水温では誰も乗る者がいない。

「遥、沖縄に行ってこい」

十二月に入って、宮本が言った。

藤棚もすっかり枯れて、木組みがむき出しになっている。

「沖縄? 何をしにですか?」

「決まってるだろ。カヌーの練習だ。真冬の川で沈したら死んじまうじゃないか。宮古島なら暖かい。波の穏やかな海もあるそうだ」

「行くって言ったって……。どれくらいですか」

「二か月だ」

「二か月!?」

「選考レースまでみっちり鍛えるんだ」

「でも、そんなお金ないです。野宿なら何とか……」

困惑しつつ言うと宮本が封筒を差し出した。

「俺の老後のための貯金だ。ちゃんと返せよ」

「ええっ！　こんなの受け取れないですよ」

「返せって言ってるだろ！　三十年ローンでいい」

「でも……」

「パラリンピックは四年に一度だ。しかも母国開催だぞ。タイミングが合わなくて出られない選手もいる。一生に一度のことなんだ。俺はお前にチャンスをやりたい。そして金メダルが見たい！」

「……わかりました。ありがとうございます」

頭を下げて、封筒を受け取った。かなり厚い。

「もし返せなかったら、先生を介護します。オムツとか換えたり」

「そんなのは換えなくていい！」

「ま、勝てばなんとかなりますよね。スポンサーもつくし……」

「前向きだな、お前は……」

そして十二月中旬から遥は宮古島にやってきた。安い平屋の民宿に泊まる。

麗香もパラリンピックに向けた練習のために来ており、彼女はスポンサーからウイークリーマンションを借りてもらっていた。遥はそこをたびたび訪ね、一緒に練習もした。試合を想定した模擬的な練習もする。

また、波のある日に海に出ると、バランスの練習にもなった。

颯太も会社の冬休みになると、島に来てセッティングをつめてくれた。遥がパラリンピックに出るかもしれないということで、研究費もまとまって出たとのことだった。

あのシートの費用が全部遥の持ち出しだったらかなりかかったことだろう。材質も最近開発されたものだった。遥は颯太と颯太の会社に感謝した。

もっとも颯太は会社の試験があるからと、遥が練習している合間にずっと勉強していた。パラスポーツ先進国のドイツに社費で留学し、学んできたいという。

颯太に負けるわけにはいかない。

意地でも金メダルを取る。

ここに来て、遥のタイムは五十四秒台に乗っていた。

ミューラーまであと二秒。

しかし短距離での二秒は、永遠の時間にも思える二秒だった。

「これならワールドカップで二位には入れるんじゃないか？」

スカイプで顔を合わせながら、宮本が言った。

二位に入ればパラリンピックには出られる。

「二位じゃだめなんです。二位でいいやなんて思ったら、ズルズル下がってしまうから。絶対に勝ちます」

遥は言った。

「そうか……。お前はそうだな」

宮本が感心したようにうなずいた。

その横に颯太もいる。

「ねえ颯太さん、前後のゆすりも使ってみたらどうかな」

遥が言った。

「どういうことだ？」

颯太が聞く。

「体を前後に揺らして、その反動を使うの」

「なるほど。いいスタートを切れるかもしれない。考えてみよう」

颯太がさっそく何かをメモしていた。

二か月の練習を終えて東京に戻り、日焼けして真っ黒になって家に帰ると、母はテーブルにつっぷして寝ていた。

仕事に入れ込んでいるようで、手首には湿布がされている。

「キーボード打ちすぎて腱鞘炎《けんしょうえん》になったのね」

父を亡くしたばかりのとき、母は仕事に没頭して、同じようなことがあった。

遥はカーディガンをかけてやった。

やっと自責の念がおさまったのか、このところ遥を心配しすぎることはなくなっている。

あとは筋トレをしつつ、颯太とセッティングを詰めるのみだ。

部屋に入って着替え終わると、スマホが鳴った。

香織という表示が出ていた。

「部長、お久しぶりです。藤堂です」

「その後、どう？　パラリンピックに出るんだって？」

「だいぶよくなりました。体も、精神的にも」

「そう、よかった」

電話の向こうの雰囲気が少し明るくなった。

「どうしたんですか？」

「あの……。こういうことはあなたにしか頼めないなと思って」

「なんですか？」

香織が話した。それを聞いて、体から力が抜けた。

「ええっ!?」


翌日、遥は東都体育大学のグラウンドにやってきた。

栄光を失ったあの日がトラウマになっているのか、気持ちがひるむ。

いきなり存在感を失い、誰も自分を注目しなくなった過去。

でも今はもう大丈夫だ。

遥は胸を張った。

トラックの向こうでは、みちるが居残って走り高跳びの練習をしている。

横には香織がついていた。

みちるは一メートル九十五に挑戦したが、バーを落として考え込んでいるようすだった。

部員たちは腫れ物を触るように、遠巻きに見ている。

遥はその間を割って進んだ。

部員たちのざわめきに気づいてこちらを見たみちると目が合った。

「先輩！」

みちるが気弱そうな顔をしていた。

「なに、そのざまは。みっともない」

遥が嘲笑《あざわら》った。

「……いきなり来てなんですか。部外者は帰ってください！」

みちるが遥を睨んだ。

「日本代表のプレッシャーに負けて、調子を落として。決勝にも進めないいんじゃないの？」

「なによ！　先輩なんて、もう跳べないいじゃないですか！」

「……そうね」

遥は笑った。

「よかった。まだ負けん気が残っててほっとした」

「えっ……。わざとですか？」

「でも本当のことよ。これが今の私。もう歩けないし、ジャンプもできない。つらかったわ」

足をいたわるように撫でた。

「遥……」

香織がつぶやく。

忍も遥を見ていた。

「みんな失ったと思った。夢も友達も。でもね、本当は、自分を失っただけだった。それが私の一番大事なもの。自分をなくさなければ、何もなくさないから」

「私は……。どうしたらいいかわからなくなって……」

みちるが下を向いた。

「あなた、誰のために跳んでいるの？」

「えっ」

「調子よくても悪くても結局やることは同じ。練習よ。跳べなくても、みっともなく跳びなさい。笑われても、がっかりされてもいい。走り高跳び、あなたも好きなんでしょ」

「はい……。はい！」

みちるが目を潤ませて笑った。

「なんで先輩はそんなに強いんですか」

「私、女王だから」

遥は微笑んだ。

「先輩……」

「先輩からの最後の命令よ」

「……なんですか」

「高跳びの女王の座は、あなたが守りなさい」

「……はい。はい！」

「私も飛ぶから」

にっこりと笑った。

二十五

三月二十日、いよいよワールドカップの日が来た。

海の森水上競技場のこけら落としといってもいい大会だった。

ここは日本で三つ目のバリアフリーの競技場となる。

見上げると青空の中に羽を広げた蝶のような東京ゲートブリッジが見えた。

カヌーは宮本と子供たちが検査場まで運んでくれていた。

その横を遥も進む。

「すごい。海の真ん中にある！」

里奈がさっそく写真を撮っている。

「ここがパラリンピックの会場にもなるのね」

遥が見回した。競技場の水の色は深い青色である。

「ったく、かわいい子供をこき使って……」

カヌーの一番前を持った達也がぶつぶつ言った。

「嫌なの？」

遥が睨んだ。

「ううん。嬉しい」

「そう」

遥はにっこり笑った。

ユニフォームに着替えて、水辺に近づくと、パラリンピックの取材の記者たちが来ていた。見覚えのある記者もいる。前に駒場競技場まで取材に来ていた週刊誌の記者とカメラマンだ。事故にあったとたん、『悲劇の女王』などと煽《あお》っていた。

しかしパラリンピックに出る可能性があるとなれば、また手のひらを返したのだろう。

「見出しは『奇跡の復活』だな！」

記者の声が遠くから聞こえた。

「江戸の仇《かたき》を長崎で討つ、はどうだ？」

カメラマンが言う。

「古いな……」

「おい、来たぞ！」

フラッシュが光る中を、遥は車いすで進んだ。

「藤堂さん、今の気持ちを！」

「女王復活ですね！」

「笑顔ください！」

遥は軽く会釈して進んだ。

「ったく、あいつらにはプライドってもんがないのか」

　宮本が顔をしかめる。

「先生。早く練習しましょう」

「あ、ああ、そうだな」

　遥はカヌーの手入れをした。

　陸送したので土ぼこりがついている。

　しっかりとウェスで拭く。

　ふたたび記者から声が飛んだ。

「おい、障害者にこんなことやらせたらかわいそうだろ」

「消えろ」

　宮本が言った。

「な、なんだよ？」

「人を差別するんじゃない」

　宮本があきれたように言う。

　それを見て遥は微笑んだ。

　宮本の言葉をきちんと理解できたかどうか。

記者の中にもまだ古い考えの者がいるらしい。

ＫＬ１のレースは午後一時からだった。午前中は練習できる。

風速は三メートルほどで、水面はやや波が立っていた。

宮本の付き添いでバリアフリーになっている船着き場からカヌーに乗った。

「いい競技場だ。颯太にも見せてやりたかったなぁ」

宮本が言う。

「今日は会社の試験なんでしょ」

折悪しく、大会日は颯太の留学のための試験と重なっていた。

「あいつもお前のおかげで発憤してるみたいだ」

「私も負けられないですね」

「パラリンピック出場を決めたって一番に連絡してやれ」

「颯太さんが試験に落ちなきゃいいですけど」

遥は笑った。

競技場の中央に進み、遥はブイで区切られたコースに沿って漕ぎ出した。

隣で他の選手が漕いでいる。

遥は六回コースを往復し、岸に戻ってきた。
「レースは昼からだぞ。練習しすぎじゃないか」
宮本が心配そうに言う。
「ストロークを確認しておきたくて」
旧中川と水質が違うので、パドルの抵抗もわずかに違う気がする。
スパートする勝負所の目印も決めたい。
確かめることはたくさんあった。
「もう一度行きます」
宮本に言って、遥は再び水上へと戻る。
漕ぎだして、シートの支えを確認する。
この支えが遥の体と一体化して、ボートを漕ぐ土台となる。
そのとき、隣を虹色の塊《かたまり》が走った。
(ミッシェル・ミューラー！)
パドルの切れがすごい。
弾《はじ》かれた水しぶきが遥の顔に飛んできた。
(行く！)

遥は全力で漕いだ。チャンピオンとの差を確かめるチャンスだった。

しかし少しずつ離されていく。

やはり地力に差があるのか。

(負けるか！)

遥はシートの支えを使いつつ、体重を左右に振る全力のパドリングに変えた。

ミューラーとの差が開かなくなる。

(よし！　戦える)

遥が思ったとき、ミシッという鈍い音がした。

「えっ？」

とたんに艇《てい》がバランスを崩す。

「なにっ!?」

とっさに頭を戻して転覆はまぬがれたが、シートに明らかな異常を覚えて、遥は船着き場まで戻った。

すぐ降りてカヌーを確認する。

「あっ……」

「ここが原因か」

宮本が言って、シートにできたひびを触った。

「まずいな。これじゃあ体を完璧には支えられないかもしれん」

「そんな……」

しかし原因には心当たりがあった。

アドレナリンだ。

興奮して普段より強い力が出てしまったのだ。

遥は競技場の時計を見た。

本戦まであと一時間しかない。

また失ってしまうのか。

遥は祈るような気持ちでスマホを取り出した。

（おねがい。出て！）

ワンコールで颯太の声が聞こえた。

『どうした』

「練習しすぎてシートが壊れたの」

『壊れた？　あのシートがか！』

「ごめんなさい、あんなに一生懸命作ってくれたのに……」

声が涙でくぐもった。

人前で泣いたことなどなかったが、止まらない。

「どうしたらいい？」

『落ちつけ。どんな風に壊れたんだ』

「背中のところにひびが入って……」

『ひびか。それならまだ可能性はある。完全に直すには専用の部品がないと無理だが、テープで固定すればなんとか……』

「やってみる！」

電話を切って宮本に伝えた。

宮本がグラスファイバーテープを取りに走る。

二人で応急処置をした。

「なんとかいけそうですね……」

「気をつけろよ」

「大丈夫です」

遥はふたたびカヌーに乗りこんだ。

漕ぎ出したときは悪くなかった。しかし全力で漕ぐと、支えがおかしくなった。体が微妙にずれる。

　遥は船着き場に戻ってきた。

　カヌーを降りて見てみると、テープの下に見えるひびが少し広がっていた。テープでは支えきれない。レース中に割れてしまうおそれもある。

　遥も宮本も、どうしたらいいかわからず、呆然としてしまった。

「どうしたの？」

　振り向くと、ミューラーが立っていた。

「ちょっとしたトラブルで……」

　英語で答えた。走り高跳びで海外遠征していたときに、英語は鍛えていたので、日常会話くらいなら話せる。

　係員がやってきた。

「藤堂さん、早くエントリーしてください。カヌーの最終チェックを開始します」

「あの、もう一度修理をさせてください」

　遥が頭を下げた。

　宮本が懸命にテープを貼り直している。

「すみません。あと五分以内に用意してもらわないと失格になります」

「そんな……」

「棄権されますか？」

唇を噛んだ。このままパラリンピックに挑戦もできず終わってしまうのか。

絶望に包まれそうになる。

「ちょっとあなた」

ミューラーが係員に声をかけた。

「えっ？　は、はい」

カヌーの女王に声をかけられ、係員は少し緊張した様子だった。

「あと十五分待ちましょう」

「でも、十三時スタートですから……」

係員が時計を見た。

「だったらスタートは十三時十五分でいいでしょ」

ミューラーが言った。

そこに他のパラカヌーの選手が通りかかった。

「ねえ、彼女のカヌーにトラブルがあったの」

ミューラーが言う。

「あら、大変ね。待ちましょうよ」

「だったら私、トイレに行ってくる」

「かわいい子ね。日本人？　試合は初めて？」

他の選手たちが口々に答えた。

そしてのんびりと話をしつつ、バラバラに引き返していく。

「ちょ、ちょっとみなさん！」

係員が慌てたが、もう遅かった。みんないなくなっていた。

「助かった……」

遥は冷や汗をぬぐってミューラーに言った。

「ありがとう」

「別に。普通のことよ」

「でも……」

「ルールは人のためにあるの。人がルールに縛られてどうするの？」

ミューラーはウインクして去った。

人気が出るわけだ。

遥は舌を巻いた。人間としての格が違う。

「でも困ったなぁ。このテープじゃ固定が弱すぎる。多分、またひびは広がるぞ」

処置を終えた宮本が言った。

「うっ……」

思わず呻きが漏れる。わかっていた。完璧な状態でなお、追いつけるかどうかのタイムである。少しでも条件が悪くなれば、女王には勝てない。

観客席を見つめる。心配そうに見ているスクールの子供たちがいた。

根性の出し方を見せてやると言ったのに。

「ぐるぐる巻きに固定して、出るだけ出てみるか?」

「それだとフィット感がなくなって勝てません」

相手のトラブルかなにかの奇跡にかけて出てみるしかないのか。

そのとき、空から大きなエンジン音が聞こえた。

「なに事?」

見上げると、ゲートブリッジの真ん中、一番細いところをワンボックスカーが猛スピードで走っていた。

「あれ、颯太さんの車!?」

「なに!?」

宮本が目をみはった。

「颯太さんは試験のはずじゃ……」

見る間に、ワンボックスカーは会場に迫ってきた。会場の真横に車を止め、鞄を持った颯太が降りてくる。

そのまま駆け出して、まだ仮組みの段階の競技場の柵を飛び越えた。

「遥！　待ってろ」

颯太はまっすぐに船着き場へ走って来た。

「颯太さん！」

「見せろ」

颯太が架台に乗せられた遥のカヌーにとりつく。

「颯太さん、何やってるの!?　試験は？　ドイツ留学が……」

「一番大事なものを失いたくないからな」

「えっ……!?」

頬が熱くなる。

颯太がひびに手を当てた。

「くそっ。設計ミスだ。お前の馬鹿力を考慮してなかった」

「ちょ……、馬鹿力ってなによ！」

「本物のアスリートってやつは、いつも計算外だ」

颯太は鞄から工具と部品を取り出し、手早くひびに樹脂を塗った。

「……ごめんなさい。私のせいで」

「まだ一人だけでやってるつもりか」

「えっ……」

「俺も一緒に戦わせろ」

「颯太さん……」

そうか。

自分一人だけが強くならなくてもよかったのだ。

「向こう向いてろ。紫外線ライトを使う」

颯太はサングラスをかけると、樹脂に紫外線ライトを当てた。

充塡剤《じゅうてんざい》はみるみる固まっていく。

「特殊なシリコンを使ってるからな。このシートは壊れたって何度でも再生する」

「すごい……」

颯太の能力に、改めて驚いた。

壊れるところまで想定に入れているのか。

ふたたび係員がやってきた。

「藤堂さん、出られるの？」

「出ます！」

遥と宮本、そして颯太が同時に言った。

係員はにっこり笑って戻って行った。

二十六

十三時十五分、エントリーを終えた選手たちは水上に滑り出た。

「選手は位置についてください」とアナウンスが流れる。

遥も五コースのスタート位置についた。

ミューラーは六コースである。

ライバルをマークしやすい位置だった。

関係者席で、宮本と颯太がスタートを待っている。

「颯太、お前も隅に置けないな。大事なものを失いたくないだって？　このこの〜」

宮本が颯太を肘でつついた。

「もちろんです。あのシート、入念に設計して仕上げましたからね。研究費も随分かけてますし」

「えっ……。シートのことだったのか？」

「自分で作った装具はみんな子供のようなものですから」

颯太が爽やかに笑った。

「お前……」

宮本はあきれたような顔をした。

「どうしたんですか？」

「そのこと、遥に言うなよ」

「なんでですか？」

颯太が不思議そうな顔をした。

＊

「さあ、いよいよ始まります。パラカヌーワールドカップです！」

場内にアナウンスが響き渡る。

スポーツチャンネルでもこの模様は放送されていた。

「このレースはパラリンピックの選考会も兼ねているんですよね」

解説席に座っている朝比奈麗香が言った。

「二位以内に入ればパラリンピックに出場できる権利を得ます。かつて走り高跳びの女王と呼ばれていた藤堂遥選手の参加が注目を集めていますね」

「藤堂さんは旧中川でブリッジスクールの子供たちと一緒に練習していたんですよ」

「なるほど、子供たちも応援に来ていますね」


「位置について」とスターターの声が響く。

「遥、行けっ！」

「お姉ちゃん、頑張れぇ！」

達也と里奈も力いっぱい応援していた。

その声は遥にも届いていた。

会場は大いに盛り上がっていた。

ブリッジスクールの子供たちが、『遥ガンバレ！』と書かれた横断幕を持って応援している。

東都体育大学の由希子や知子も応援に来てくれていた。

陸上部の後輩たち、そして香織やみちるの姿も見える。
(みんな来てくれたんだ)
遥は微笑んだ。
そして、天に向かって人差し指を突き上げた。
「あれは……」
みちるの顔が期待に満ちた。
「女王のルーティーン！」
香織と忍が同時に言って歓声を上げる。
遥は空を見上げた。
あそこに星はある。星が見ていてくれている。
スタートの号砲が鳴った。
「さあ、いっせいにスタートしました！」
アナウンサーの声が競技場に響く。
シートにもたれ力をためていた遥は全力で体を前に倒した。体に密着したシートが
反動で前に進み、遥のカヌーが先頭に出た。
修理の終わったシートは体をしっかりと支えている。ズレはない。

（いける！）
思ったが、すぐにミューラーが横に並んだ。
（速い！）
遥は最初から全力で漕いだ。
体重を左右にかけると、振り子のように遥の体が揺れる。
ミューラーは高速回転するプロペラ機のように水上を突き進んだ。
やがて少しずつ差をつけられていく。
最初から飛ばしたため、早くも疲労が蓄積してきた。
追走するが、なかなか追いつかない。
そして他の選手にも抜かれてしまった。
「あーっ！　藤堂選手、遅れました。さすがに世界の壁は厚いのか！」
アナウンサーの声がひびく。
「くっ……」
歯を食いしばったとき、ゴールに近い観客席に母の姿を見つけた。
（お母さん！）
母は手を合わせ、必死に祈っていた。

遥は今日ここに来る車の中で聞いた、宮本の告白を思い出した。

＊

「先生。カヌーの運搬費や遠征の費用まで出してくれて、本当にありがとうございます」

車がゲートブリッジにさしかかったころ、遥は頭を下げた。

「馬鹿……。費用を出したのは俺じゃない」

宮本は苦しそうに言った。

「えっ？　どういうことですか」

「黙っててくれって言われたんだがなぁ……。金は全部、お前のお母さんが出したんだ。昼も夜も働いてな」

「えっ……。そんな、ほっといてって言ったのに」

「親が子供をほうっておけるか！」

宮本が怒鳴った。

「でも……」

「郁子《いくこ》さんはな、お前が独り立ちできるように、ずっと我慢して見守っていてくれたんだ。事故にあってお前が落ち込んでいたとき、俺に連絡をくれたのもお母さんだ。髪を振り乱して、ブリッジスクールまで来て、あの子を助けてやってくださいって、俺にすがりついてな」

そうか。

あの手首の湿布は、みんな遥のパラカヌー挑戦の費用をまかなうためだったのだ。

「遥。世界中で一番お前を大事に思ってくれてるのは誰なんだ？」

宮本が諭すように言った。

＊

「お母さん、見てて！」

遥の体が前に傾いた。

遥は気持ちが前に出ると、前傾になる。

アドレナリンが出ていた。

（走り高跳びをしていたころの自分に負けたくない！）

遥はスパートした。

水に入れたパドルがきしむ。シートは前傾になってもしっかり食いつき、遥の筋肉と化した。遥を支えつつ、空気抵抗も減らす。

カヌーはうねるように舳先を上げ、水を切っていく。

スピードが上がった。船底にコーティングされたフッ素コートが水をはじき、水上を滑空しているようだった。

「遥、行けっ！」

達也の声がひびく。

「お姉ちゃん！　勝って！」

遥は二人の外国人選手をごぼう抜きにした。

ぎしぎしとシートがしなる。猛烈なスパートだった。

鍛えに鍛えた遥の上腕がコブのように盛り上がる。

「追って来た、追って来た！　藤堂が来た！　女王の追走だ。翼の折れた女王が再び空に舞い上がった！」

アナウンサーの声に観客が総立ちになる。

残り四十メートル。

遥は再びミューラーに並んだ。

しかしこのとき、水面が突然波立ち、木々が揺れた。

遥のスピードが落ちる。

（颪……！）

遥が顔をゆがめた。

体が細い分、軽いけれども風に押されやすい。

水面が波打って遥のカヌーが大きく傾いた。艇を振り子のようにぎりぎりまで揺らしているため、風には弱い。

「遥！」

母の叫びが聞こえた。

遥はパドルを振り上げ、水面をぶっ叩いた。

「じっとしてろっ！」

ブレードで水面を叩いた反動で遥のカヌーはバランスを取り戻した。

その体を颯太のシートがしっかりと支える。

「藤堂、なんと力ずくで立ち直った！」

アナウンサーが絶叫した。

「すごい……というか、めちゃくちゃです。波をつぶして立ち直るなんて……」

麗香の声が震えた。

風を突き抜けた遥のカヌーのスピードがふたたび上がる。

（飛んでやる！）

遥は漕ぎ続けた。無限に力が湧いてくる。

赤筋《せっきん》も白筋《はっきん》も鍛え抜いた。

カヌーと一体になり、走って行く。

今まで支えてくれたみんなにも背中を押されている。

「来た！　藤堂が来た！　ここに来て驚異のスパートだ！　これが蘇った女王のスパートだ！」

「遥さん、もう息を止めてます！　全力です！」

麗香が涙声になる。

「藤堂、がんばれ！　藤堂、がんばれ！」

ミューラーの隣でゴールラインを越えたとき、酸素を使いつくした遥の頭は真っ白になった。

（みんな。私、飛んだよ……）

力尽きたようにその体が倒れる。

待機していたライフガードがすぐに飛び込んだ。

「ハルカ……。ハルカ！」

誰かが呼ぶ声が聞こえた。

顔を上げると、力尽きて転覆しそうなカヌーをミューラーが支えていた。

「す、すみません」

慌ててカヌーに手をついて頭を持ち上げる。

「すごいわね、ハルカ。あなたを侮っていた。もう少しで負けるところだったわ」

ミューラーの口元が微笑んだ。

「そっか。私、負けたんですね……」

シートに背を預け、空を見上げる。

勝敗はゴールの写真判定だった。

計測の結果、わずかにミューラーには及ばなかった。

「藤堂遥選手、二着です。惜しくも勝てませんでしたが、パラリンピック出場を決めました。すごいレースでしたね」

アナウンサーが言う。

「私も今すぐレースに出たくなりました。あの波を受けて立ち直るなんて、どういうメンタルをしてるのか……」

麗香が笑った。

「去年の私だったら、負けていたわ」

ミューラーの言葉を聞いて、電光掲示板のタイムを見た。

タイムは五十一秒四七。

パラカヌーの世界新記録だった。

そうか。

ミューラーはチャンピオンになってもなお、戦っていたのだ。

この人は少し自分と似ているのかもしれない。

「どうして私の名前を覚えてくれてたんですか?」

遥は聞いた。

「あなたには聞こえないの?　この声援が」

「えっ?」

集中していたので、何かの響きかと思っていたが、それは観客席の怒号のような声援だった。

みんなが遥の名前を呼んでいる。たたえている。

「悔しいです……。でも、すごく楽しかったです」

ミューラーに言って笑った。ライバルのいることが嬉しかった。

この人は足を失って、どれだけの練習をしてきたのか。

どれだけの長い夜を過ごしたのか。

同じところにいた人間だけがわかる。

「パラリンピック本番でも負けないからね」

ミューラーがウインクした。

「いえ、私が勝ちます」

言って、握手した。

明日から、いや、今日からまた練習だ。

楽しみで仕方がない。

岸に戻ると、みんなが待っていた。

「遥！　やったな」

宮本が遥を抱き上げてカヌーから降ろし、車いすに座らせた。

「やったね、お姉ちゃん！」

里奈が飛びついてくる。

「負けちゃったのはちょっと残念だけどね」

達也が言った。

「負けたわけじゃないわ。これはパラリンピック本番で勝つためのプロローグよ」

達也が吹き出した。

「まだそんなこと言ってる……」

「私は絶対にあきらめない。達也だってできるでしょ？」

「……うん。あきらめない」

珍しく素直に言った。

宮本に手を引かれ母がやって来た。

「遥、おめでとう！」

「お母さん！」

遥は母の胸に飛び込んだ。

「私、自分のことばっかりで……。お母さんの気持ち、ぜんぜん考えてなかった。なのにずっと私のそばにいてくれて」

「いいのよ。母親なんて感謝されなくたって、やって当たり前なの。手伝えるだけでうれしいのよ」

　母が遥の頭を撫でた。


　母に甘えたあと、遥はあたりを見回した。

「颯太さん！　どこ？」

　言ってやりたいことが山ほどある。

　颯太は人々の後ろで架台に置かれた遥のカヌーチェックをしていた。

「うるさい。今忙しいんだ」

　遥はかまわず車いすを進めると、後ろから颯太の背中を抱きしめた。

「颯太さん！」

「な、なんだよ、いきなり！」

「レース中、ずっと言いたかった。颯太さんには価値があるよ」

　遥は颯太を見つめた。

「……急になに言ってんだよ」

そう答えながらも、颯太は恥ずかしそうに目をそらした。

親に捨てられようと、誰が何と言おうと、人の役に立ったんだから価値があるに決まってる。

「さあ、みんな！　川の駅に帰るよ」

子供たちに声をかけた。

車いすを漕いで更衣室に向かう。

「女王に敬礼！」

達也が言うと、子供たちはいっせいに敬礼した。

遥も敬礼で応える。

ありがとう、かわいい仲間たち。

フラッシュが激しく光る。

「待て遥、まだ表彰式があるぞ！」

宮本が叫んだ。

「もらっといてください。私、金メダル以外、いらないんで」

「ば、馬鹿！　そんなわけにいくか！」

宮本が頭を掻きむしった。

二十七

三か月後――。

都庁で催された第三十二回東京写真コンクールの会場には、たくさんの写真が貼り出されていた。

腕自慢の写真家たちが作品を出すコンクールである。

里奈はその中で『金賞』に選ばれた写真を見て、じっと固まっていた。

「嘘でしょ……」

金賞のタイトルは『水上のフライト』。

それは遥が本栖湖の透明度の高い水に浮かび、まるで空を飛んでいるような写真だった。

「お姉ちゃん。いいことって、ほんとにあるんだね」

里奈はその夏最高の写真をいつまでも眺めていた。

＊

そのころ遥はスポンサーの対応に追われていた。

フォーマルな姿で都心のビルに向かう。

(もっと練習したいのに！)

筋肉量がさらに増えて、スーツの肩がきつい。

でもパラリンピックに出るともなれば、公務もある。

颯太は来年またドイツ留学の試験を受けるというから、今年はめいっぱいパラリンピックのパートナーとしてつきあってもらうつもりだ。

(あっ、遅刻！)

しかし、急ぐあまり、虎ノ門の駅前の細い溝に車いすの前輪が挟まり、動けなくなった。

昼休みのビジネスマンが通りがかる。

「すみません。手を貸してくれますか」

遥はにっこりと微笑んだ。

監修◎本多正敏

本書は、映画『水上のフライト』（脚本　土橋章宏・兼重淳）の小説版として著者が書下した作品です。

なお、本作品はフィクションであり実在の個人・団体などとは一切関係がありません。

徳間文庫

水上《すいじょう》のフライト

2020年5月15日 初刷

著者 土《ど》橋《ばし》章《あき》宏《ひろ》
発行者 小宮英行
発行所 株式会社徳間書店
東京都品川区上大崎三―一―一 〒141―8202
目黒セントラルスクエア
電話 編集〇三(五四〇三)四三四九
販売〇四九(二九三)五五二一
振替 〇〇一四〇―〇―四四三九二
印刷
製本 大日本印刷株式会社

ISBN978-4-19-894561-9 (乱丁、落丁本はお取りかえいたします)